POUR L'HONNEUR DE DALIA

www.editions-j-clattes.fr

Norma Khouri

POUR L'HONNEUR DE DALIA

Traduit de l'anglais par Laure Joanin.

JC Lattès

Titre de l'édition originale :
Honor Lost
publiée par Atria books

Ma chère Dalia, tu m'as fait rire et pleurer.
Tu es parvenue à toucher mon âme et tu fais
partie de moi à jamais. Ta mort m'a donné
une raison de vivre. J'écris ce livre en
souvenir de toi et je prie Dieu de te protéger
et de t'offrir le bonheur jusqu'à ce que nous
nous retrouvions. En attendant ce jour, ya
gazallae, *ton courage augmente ma*
détermination et ton souvenir me réconforte.
Je ne t'oublierai jamais.

PROLOGUE

La Jordanie est un pays où des hommes en costume clair écoutent leurs téléphones portables tout en prêtant l'oreille aux anciennes lois du désert. Un pays où une jeune reine médiatisée plaide avec éloquence sur CNN la défense des droits de l'homme tandis qu'un respectable père de famille issu de la classe moyenne égorge sa fille parce qu'elle a enfreint le code d'honneur des Bédouins. C'est une terre de paradoxe où cohabitent deux règles : l'une pour les hommes, l'autre pour les femmes, pour les progressistes et les conservateurs. Une terre prétendument moderne, dont le désert impitoyable s'étend jusque dans les villes. Les rues y sont arides, et à l'exception de quelques vignes vierges dans les patios privés, dépourvues de fleurs, d'arbres et de feuillages. Les gigantesques tours de verre et d'acier reflètent encore la couleur fauve des dunes et dans leur ombre, se côtoient des jeunes en Levis discutant haute technologie et des vieux en *dishdashay*, ces longues robes flottantes héritées des traditions nomades. Les jeunes filles voilées considèrent avec envie leurs consœurs libérées qui boivent des expressos, jambes croisées, une cigarette à la main.

À l'image du sable qui tourbillonne certains jours sur la ville d'Amman, le code des Anciens imprègne toujours ses rues animées. Il pollue l'esprit de ma famille, celui de mon quartier, surpeuplé et solidaire comme une tribu de nomades, où s'entassent les descendants des premiers habitants du désert. Ses règles farouches et primitives n'ont de cesse de rappeler aux mâles qu'ils demeurent des Arabes sous leur vernis d'Occidentaux. Pour la majorité des femmes, la Jordanie est une prison étouffante où rôde en permanence le danger d'être tuée des mains de ceux qu'elles aiment. C'est mon pays. J'aime sa beauté sauvage et son histoire. Pourtant, jamais je ne pourrai y retourner sous peine d'y être assassinée.

Mais laissez-moi d'abord planter le décor de mon récit et vous décrire dans quelle nation étrange et contradictoire je suis née. Encadré par l'Arabie saoudite, l'Égypte et Israël, le Liban, la Syrie, l'Irak et le Koweït, le royaume hachemite de Jordanie est situé au cœur du monde arabe. Cette monarchie constitutionnelle qui, grâce à son roi Abdullah Bin Hussein et sa reine Rania, parvient à présenter à la communauté internationale un visage moderne, est un petit pays à dominante musulmane – on y compte cinq millions de musulmans – et à minorité chrétienne.

Amman, la capitale, abrite un tiers de sa population et l'essentiel de son élite. Au nord et au sud, le site gréco-romain de Jerach, les temples nabatéens de Petra, la Rose des Sables étincelant d'une lumière magique au lever et au coucher du soleil, les mosaïques byzantines de Madaba, le mont Nebo et le

Wadi Kharrar, lieu de baptême du Christ, continuent d'attirer les touristes et les pèlerins. La Jordanie se vante d'être une nation moderne, technologiquement avancée et en cours de démocratisation – en tout cas, elle aimerait le faire croire. Mais le processus se déroule de façon maladroite, et aussi démodée que les costumes américains des années 70 que les hommes portent pour aller travailler. Cependant, Amman a fait un bond considérable au cours de la dernière décennie : des banques et des hôtels flambant neufs sont sortis de terre dans presque toutes les rues de la ville. Des ordinateurs équipés des logiciels les plus récents ont fleuri dans les bureaux, les maisons et relient désormais les Jordaniens au reste du monde. Les téléphones mobiles, les pagers, les fax portables sont désormais aussi courants qu'une paire de lunettes de soleil. Et le gouvernement dépense tous les ans des millions pour attirer les investisseurs étrangers, développer le commerce et le tourisme.

À quelques heures de route de cette métropole grouillante perdure un univers archaïque. Il suffit de passer une journée au Wadi Rum, d'en explorer les grottes nabatéennes et thamoudéennes où les Bédouins continuent de vivre du troc de bijoux, ou de boire le thé sous leurs tentes en poil de chèvre, pour avoir l'impression de remonter le temps. La Jordanie est l'un des rares pays où présent et passé cohabitent avec force et dynamisme. Le pays s'ouvre volontiers à l'avenir tout en s'accrochant à ses racines et à ses vieilles traditions.

La condition des femmes a progressé plus lentement. Elles ont le droit aujourd'hui de faire des études tant que les membres masculins de leurs familles – pères, frères ou maris – les y autorisent. Contrairement à leurs consœurs de la plupart des pays musulmans – en particulier l'Arabie saoudite – elles détiennent certaines libertés et le privilège d'accéder à l'éducation, au permis de conduire et au droit de vote, privilèges bien entendu assujettis au bon vouloir de leurs proches parents.

Certes, la Jordanie revendique fièrement de nombreuses femmes médecins mais celles-ci sont principalement issues de l'élite riche, libérée et moderne, indifférente aux ragots. Revers de la médaille, elles se retrouvent peu à peu consignées à soigner exclusivement la population féminine qui n'osera jamais être auscultée par un homme.

Chez nous, les mâles sont les seuls à décider. Ce sont eux qui régissent la vie d'une femme, ce qu'elle peut porter et qui elle épousera.

Tandis que les hommes applaudissent l'arrivée du progrès, les femmes continuent de prier pour que leurs cris étouffés soient enfin entendus. Elles ont beau parfois, comme moi, se vêtir de pantalons ou de jupes amples, laisser leurs cheveux flotter à l'air libre, les risques encourus à toute tentative de rébellion sont si graves qu'elles préfèrent obéir. Elles s'accrochent à l'espoir faiblissant qu'un jour elles seront libérées de leur prison, sans parvenir à croire qu'elles pourront réellement être les agents de leur propre liberté. Devant la peur qu'instille la domination masculine depuis des siècles et le discours craintif tenu par nos mères, notre seul choix est de vivre en respectant prudemment les règles, les lois et les croyances des hommes qui nous gouvernent. Nous savons depuis la naissance qu'il est très dangereux d'enfreindre le code. Cependant, certaines osent parfois s'y risquer, au péril de leurs vies. Les murmures que nous entendons ne viennent pas du désert, mais des vents du changement.

1

L'arrière-salle du Salon Unisex N&D n'a rien de bien reluisant. Les murs jadis blancs sont écaillés et le carrelage a perdu ses teintes chaudes et brillantes, offrant l'aspect d'une morne étendue jaunâtre. À droite de la porte, un canapé marron miteux, affaissé comme un vieux clochard tassé par les années. Mais à mes yeux et à ceux de Dalia, ma meilleure amie, cette pièce possède une valeur inestimable, celle d'un paradis, d'un sanctuaire. C'est le seul endroit qui nous offre un peu d'intimité et où nous avons la liberté de partager nos secrets, nos espoirs, nos rêves, nos peurs et nos déceptions.

Depuis nos treize ans où nous nous sommes juré que rien ni personne ne détruirait notre amitié, ce sofa délabré est devenu un fidèle complice.

Dalia et moi sommes nées la même année, en 1970, à quelques mois d'écart et nous nous sommes rencontrées à l'âge de trois ans dans un parc près du quartier Jebel Hussein de Amman où habitent nos deux familles. Presque instantanément, nous sommes devenues inséparables. De véritables sœurs. Comme moi, Dalia a quatre frères et des parents très stricts.

Et bien que nous n'ayons pas la même religion – sa famille est profondément musulmane et la mienne catholique – nous affrontons les mêmes obstacles dans notre vie quotidienne, et cela ne fait que renforcer le lien indéfectible entre nous.

Dans un pays où les riches vivent dans des villas à un million de dollars et les pauvres dans des camps de réfugiés, la classe moyenne dont nous faisons partie habite généralement des maisons héritées de ses ancêtres. Nos pères exercent des métiers respectables. Celui de Dalia est comptable dans une grande compagnie d'assurance tandis que le mien a créé sa propre affaire de sous-traitant. Mais chez nous, en Jordanie, seule l'élite peut envoyer ses filles étudier à l'étranger et l'on ne se soucie pas de l'éducation des femmes : la seule véritable ambition de nos parents se limite à nous marier honorablement.

À quinze ans, lorsque nous avons découvert, Dalia et moi, que les femmes avaient le droit de posséder et de diriger un salon de coiffure – une des rares carrières qui leur soient ouvertes – nous avons décidé de créer notre propre entreprise. C'était avant tout le seul moyen de rester ensemble.

Armées de notre seul enthousiasme, nous avons d'abord convaincu nos pères respectifs que nous n'étions pas douées pour les études, en accumulant volontairement des « C » dans toutes les matières. Puis, nous leur avons suggéré l'idée de nous inscrire dans une école de coiffure. Après de si médiocres résultats scolaires, ils ont immédiatement accepté et c'est ainsi qu'à dix-huit ans, nous avons commencé à apprendre notre métier. Quelques temps plus tard, après nos études et quelques stages dans divers salons, nous avons pu aborder la phase ultime de notre projet.

À partir de là, presque inconsciemment, nous avons petit à petit eu recours à l'une des rares armes de la femme jordanienne – user de son intelligence et de son imagination pour obtenir des hommes ce qu'elle veut – jusqu'à devenir expertes en la matière. Il fallait ruser pour piéger ceux qui contrôlaient nos existences. C'était notre seule survie dans ce monde injuste. Absorbées par cet effort, nous n'avons jamais pensé un seul instant que toute l'énergie dépensée à tromper et à comploter pourrait nous servir à devenir médecin ou ingénieur en électronique.

Un jour, Dalia m'a dit avec les yeux brillants d'une conspiratrice :

— Je suis sûre qu'à force de nous plaindre, nos pères accepteront qu'on ouvre notre propre salon, histoire d'avoir la paix. Mon père est presque convaincu. Et le tien ?

— Il en a assez de m'entendre gémir. Mais il faut être prudentes : on ne peut pas prendre le risque qu'ils nous demandent d'arrêter de travailler pour rester à la maison. Alors, je passe mon temps à lui dire que nous adorons la coiffure mais que nos conditions de travail actuelles sont déplorables.

— Je raconte la même chose et je suis persuadée qu'ils vont céder. Mets-toi à leur place, ils auront moins de mal à garder un œil sur nous.

En effet, en Jordanie, en attendant que les femmes soient mariées et contrôlées par leurs époux, leurs pères et leurs frères les surveillent à chaque heure de la journée.

Nous sommes finalement parvenues à convaincre nos parents d'investir dans notre salon. Depuis longtemps, nous projetions de faire rénover le rez-de-chaussée de l'immeuble à deux étages qui servait autrefois d'entrepôt à mon père. Depuis dix ans, ce bâtiment, situé près de nos deux domiciles, était condamné. Délabré et couvert de graffiti, il était voué à la démolition. Mon père et mes frères se sont chargés des travaux et en échange de leur aide et de la jouissance des locaux du bas, il a été décidé que nous leur paierions un loyer mensuel. Pour économiser un peu de *masaree* (argent) l'arrière-salle – notre salle de repos – fut laissée en état. Et quel état ! Mais une fois la porte fermée, nous nous sentions chez nous.

Nous avons décidé d'offrir une prestation qu'aucun autre salon de Amman ne semble fournir : coiffer une clientèle mixte. L'objectif est audacieux, mais tant que nous sommes surveillées et chaperonnées, cela ne nous est pas interdit.

Nous inaugurons le Salon Unisex N&D en mai 1990. La façade en pierre a été remplacée par une vitrine et, avec son haut plafond voûté et son large lustre de cristal, la pièce principale nous fait l'effet d'un véritable palace. Grâce à l'enfilade de miroirs sur chaque mur, elle donne l'impression d'être deux fois plus grande qu'elle ne l'est en réalité. La lumière qui descend de l'immense suspension se réfléchit dans les glaces et éclaire tous les recoins de la boutique. Un haut comptoir de marbre sépare adroitement le bureau de la réception de nos deux postes de travail équipés de matériel flambant neuf. Pour nous, ce salon est plus qu'un simple rêve devenu réalité, il nous rend invincibles. Bien que modeste, il nous a transformées en femmes d'affaires. Cependant, à notre insu, il est devenu notre prison, une cage encore plus efficace toutefois que celle que nos parents auraient pu imaginer pour nous. Là, comme ailleurs, l'œil inquisiteur de nos familles ne nous quitte jamais. Mohammed, notre « chien de garde » officiel, accompagne sa sœur Dalia au salon tous les matins, et surveille nos moindres faits et gestes jusqu'à l'heure de la fermeture. Mais rien ne parvient à nous démoraliser : nous avons la conviction que tant que nous resterons ensemble, nous serons de taille à franchir tous les obstacles.

Il a fallu peu de temps pour attirer et fidéliser une clientèle fortunée. Notre succès vient d'abord de l'atmosphère amicale de la boutique, de notre sens commercial et bien sûr de nos talents de coiffeuses. Nos concurrents y voient surtout la marque de notre originalité : il est rare de voir à Amman un salon de coiffure mixte dirigé par deux femmes.

Par la suite, je me suis posé la question : si j'avais su qu'en accueillant une clientèle masculine, nous aurions connu un tel chemin bordé de ronces, l'aurions-nous fait ? Cette interrogation n'a pas cessé de me hanter. Et la réponse est oui. Nous l'aurions fait.

Mais, à cette époque, nous avions vingt-cinq

ans, nous étions les meilleures amies du monde, animées par cette promesse que nous nous étions faite des années auparavant : nous serons toujours plus fortes ensemble que séparées.

2

Chez Dalia, la vie est à peu près la même que dans tous les foyers musulmans de Amman, quels que soient la classe sociale, le degré de fortune ou le quartier. Elle n'a pas le droit de manger à la même table ou en même temps que les hommes de la maison. Elle doit cuisiner les repas et leur servir et ce n'est qu'après leur départ qu'elle peut, avec sa mère, finir les restes. Il lui est interdit de sortir à moins d'être accompagnée par son père ou l'un de ses frères. La vie à l'extérieur de la maisonnée est tout aussi restrictive. Dans notre quartier, aucune intimité n'est jamais permise car les demeures appartiennent depuis si longtemps à la même famille que tout le monde se connaît. Il suffit par exemple de donner votre nom à un chauffeur de taxi de Amman pour qu'il vous conduise à bonne destination dans le district de Jebel Hussein. Dalia et moi subissons cette familiarité étouffante comme une intrusion permanente dans nos vies privées.

Quelques semaines après l'ouverture du salon, il est vite apparu que Mohammed avait du mal à se plier à nos horaires matinaux. Comme il était toujours en retard, nous commencions même à perdre des clients. À force de supplications répétées pendant des mois, nos pères finirent par accepter de nous laisser partir à pied seules, chaque matin. À partir de là, Dalia aura l'autorisation de quitter son domicile avant huit heures pour passer me chercher.

Nous sommes en mars 1995. J'attends Dalia sur la terrasse. Elle a près de dix minutes de retard.

— Hé, *ya hilweh* ! (une expression argotique pour dire « jolie » ou « splendide ») Tu es prête ? Veux-tu que je monte ? hurle-t-elle de dessous le balcon en désignant les escaliers.

— Je descends tout de suite, *ya gazallae*.

En argot, *ya gazallae* est employé pour décrire une femme particulièrement séduisante au regard doux comme celui d'une biche. Comme Bambi. Dalia appartient à cette catégorie. Elle a de longues tresses épaisses et ondulées, un teint mat parfait, des lèvres pleines et des rondeurs bien placées. Et surtout des yeux sombres fascinants. Quant à moi, je suis plus petite et j'ai de longs cheveux noirs. Ma peau est lisse, mais plus foncée, et malheureusement, je dois me contenter d'une silhouette en forme de poire. En effet, à dix-huit ans, mes hanches ont hérité d'une dizaine de kilos que je n'ai pas réussi à perdre depuis.

De toute façon, je sais depuis l'enfance que je ne serai jamais aussi attirante que Dalia. À vrai dire, elle n'est pas simplement belle : intelligente, forte, elle a le don d'embellir tous les êtres qui la rencontrent, de les mettre à l'aise...

Je dégringole les dernières marches et glisse mon bras autour du sien.

— Allons-y !

Serrées l'une contre l'autre, nous descendons les ruelles sinueuses de Jebel Hussein en direction du salon. Chaque pâté de maisons, chaque immeuble nous est familier, et la plupart des familles de notre communauté sont fières de descendre des premières tribus nomades installées dans le quartier. Sans verdure ni fleurs, il en conserve l'atmosphère, et cette couleur grise omniprésente des vieilles tentes en poils de chèvres du désert.

Nos journées au salon sont assez routinières. Nous travaillons généralement côte à côte, passant d'une cliente à une autre, de huit heures et demie à deux heures et demie avec une pause de deux heures pour le déjeuner et le café. C'est une existence agréable, mais peu excitante par rapport à celle que nous avions imaginée.

Ce jour-là, en fin d'après-midi, j'accompagne le dernier client à la porte, et m'appuie contre le battant avant de me laisser glisser lentement sur le sol. Je pousse un énorme soupir.

— Enfin ! Terminé ! Je suis épuisée. Je n'ai pas beaucoup dormi la nuit dernière, dis-je en m'asseyant par terre, les jambes allongées.

Dalia me décoche un sourire ironique.

— Pourquoi ? Qu'est-ce que tu as fait ?

— Rien. Je n'arrivais pas à trouver le sommeil. J'avais trop de choses en tête.

— Quel genre de choses ?

— Je ne sais pas. J'ai sans doute besoin de vacances. Je crois que je m'ennuie. Je vais aller me reposer dans la pièce du fond.

Dalia est assez prudente pour ne pas me contrarier.

Au prix d'un effort surhumain, je parviens à me lever et à traverser la pièce pour gagner la salle de repos. Là, je m'affale sur le sofa, la tête pleine des rêves éveillés qui m'empêchent, nuit après nuit, de fermer l'œil. Depuis une bonne semaine, je suis préoccupée, fatiguée. Je ne sais pas exactement pourquoi, mais ces derniers temps, j'analyse constamment tous les aspects de ma vie quotidienne, et je m'aperçois que j'aspire désespérément à un changement. Tous les matins, à l'heure où le vent froid *Rabeey* me fait signe de me lever, j'espère en secret qu'il va m'apporter quelque chose de différent, de nouveau.

Quelques minutes plus tard, Dalia me rejoint. Je suis allongée de tout mon long sur les coussins, le regard fixé au plafond. Elle tire une cigarette de son paquet et me la tend.

— Tiens, ça va peut-être t'aider.

Décidément, nos vies doivent être bien rétrécies pour que le plaisir interdit d'une cigarette ressemble à une grande aventure, me dis-je tout en l'acceptant machinalement.

— Es-tu sûre qu'on ne va pas se faire prendre ?

— Ne t'inquiète pas. J'ai fermé la porte à clef. De toute façon, Mohammed est allé au marché avec son ami Raed. Ils ne reviendront pas avant au moins une heure. Je leur ai demandé d'acheter du jus de carottes frais. J'ai pensé que ça les retarderait.

Elle s'approche du divan et s'assied à côté de moi, hilare.

— Te souviens-tu de la première fois qu'on a fait ça ? demande-t-elle en considérant sa cigarette, et elle étouffe un éclat de rire au souvenir de mon visage cramoisi et de mes grands yeux écarquillés et larmoyants.

— J'aurais dû me rendre compte que tu aurais une mauvaise influence sur moi.

— On avait tellement peur.

— Pas moi ! J'étais surtout choquée !

— Tout le monde est choqué la première fois, reprend Dalia avant de partir dans un fou rire incontrôlable.

Je marmonne :

— Tu aurais pu me prévenir.

— Ne me dis pas que tu m'en veux encore ? De toute façon, je t'ai prévenue à ma façon, parvient-elle à bredouiller entre deux hoquets.

Dalia part nettoyer le salon et à son retour, dix minutes plus tard, notre petit bavardage oisif a changé de ton : il est comme chargé d'électricité.

— As-tu remarqué ce type qui était là tout à l'heure ? murmure-t-elle en s'asseyant près de moi.

Je tombe des nues : depuis que je la connais, jamais je n'ai entendu Dalia parler d'un homme en particulier, sauf pour le critiquer. Elle a toujours considéré la gent masculine comme un ennemi, et le mariage comme L'Ultime Défaite, le renoncement à ses rares privilèges de liberté, le salon par exemple.

Je relève la tête brusquement et la dévisage :

— Lequel ?

— Celui vêtu d'un uniforme de l'armée. Le garçon plutôt mignon !

— Mignon ? ! Je n'arrive pas à le croire. Je ne t'ai jamais entendue dire d'un homme qu'il était mignon !

— Je sais, je sais... mais tu l'as vu ?

Sa voix est impatiente et ses yeux brillent d'une excitation nouvelle. Bien sûr que je l'ai remarqué... Les militaires ne se bousculent pas dans notre salon.

— Je ne suis pas aveugle, dis-je.

— C'est la troisième fois qu'il vient en deux semaines.

— Que veut-il ? Qui est-ce ?

— À chacune de ses visites, il me demande de lui « ébouter » les cheveux. Puis il me parle sans arrêt. Mais je m'en moque. J'aime bien le regarder.

Je m'efforce fébrilement de visualiser cet homme qui vient de faire irruption dans notre petite vie, sans doute pour causer des ennuis à ma meilleure amie : *Grand, un peu plus grand que Dalia...* Pourvu que Mohammed ne l'ait pas remarqué ! Mohammed n'est pas simplement notre chien de garde, mais le meilleur informateur de nos pères. Toujours fidèle et loyal. Et s'il raconte chez lui que Dalia flirte avec un mystérieux inconnu ?

— Dalia, fais attention. Personne ne doit t'entendre dire des choses pareilles, dis-je, un peu alarmée.

Costaud, petit, épaules larges, cheveux noirs, yeux sombres... L'image se précise dans ma tête.

— Je sais, je sais. Mais à toi je peux le dire. De toute façon, pour l'instant, je n'ai fait que lui parler et l'admirer. Mais je crois qu'il m'aime bien. Il est venu se faire couper les cheveux trois fois en deux semaines. En plus, je l'ai surpris en train de m'observer, dit-elle d'un ton joyeux.

Des yeux noirs et pénétrants surmontés d'épais sourcils et de longs cils.

— Et toi, il te plaît ? Tu crois que tu pourrais l'aimer d'amour ? Je ne comprends pas pourquoi tu ne m'en as pas parlé plus tôt. Je suis censée être ta meilleure amie !

Petit nez fin, lèvres pleines, mâchoire carrée, petite moustache. Il serait mieux sans moustache mais apparemment c'est la mode chez les Arabes. Ça y est ! Je le revois nettement maintenant.

— Ne t'énerve pas, je vais tout te raconter.

— Je veux tous les détails.

Malgré nos vingt-cinq ans, nous sommes tellement inexpérimentées qu'on dirait deux gamines puériles devant leur premier béguin. Mais pour moi, il s'agit déjà d'autre chose que d'un simple bavardage entre filles : il faut d'urgence soumettre Dalia à un interrogatoire poussé. Elle semble envahie par un feu intérieur qui étincelle jusque dans ses yeux.

— Calme-toi, Normie. Il n'y a pas grand-chose à dire. Il s'appelle Michael. Il a trente-deux ans et il est major dans la Garde royale. Il a trois sœurs et deux frères. C'est l'aîné de la famille. Il est intelligent, beau, charmant, poli, contrairement aux hommes de nos familles. Et – elle baisse la voix – il est catholique.

Il faut être jordanienne pour comprendre le

choc, la frayeur immense, que ses paroles provoquèrent en moi. Ma réponse jaillit sans attendre :

— *Bism il lah !* (Oh, mon Dieu !) Dalia ! Tu dois l'oublier tout de suite ! Il ne peut t'apporter que des ennuis.

La loi et la société jordaniennes interdisent toute relation entre personnes de religions différentes. L'aveu de Dalia me rappelle brusquement toutes les histoires dont j'ai entendu parler, toutes les relations de ce genre qui ont connu des fins tragiques. On en parle rarement dans les journaux. En fait, ce sont essentiellement des ragots qui courent le quartier ou parviennent jusqu'à notre salon. Des femmes meurent ou sont jetées en prison à vie parce que leur famille les soupçonne d'entretenir une liaison secrète alors qu'elles sont encore célibataires, ou pire, d'avoir une relation avec un homme d'une autre religion.

Mais ce n'est pas qu'une rumeur. Une de nos clientes, une jeune fille de dix-sept ans, a été tuée pour une question d'honneur. Sa famille l'aurait assassinée pour cacher le viol dont elle a été victime par un de ses proches. Comment Dalia peut-elle l'oublier ?

— On ne fait que parler, insiste-t-elle, je ne vois pas où est le mal ? Je reconnais qu'il me plaît beaucoup et je pense que c'est réciproque, mais nous n'avons fait que discuter.

Elle est aveugle, ou inconsciente.

— De toute façon, tu sais ce que je pense de la religion, reprend-elle. On ne la choisit pas. Si j'étais née dans une famille chrétienne, je serais chrétienne. Mais comme je suis née chez des musulmans, alors je suis musulmane. Toi, par exemple, tu es catholique et cela ne change rien à mes sentiments pour toi.

Dalia a toujours exprimé très clairement ses convictions, mais aujourd'hui, c'est différent. Jamais jusqu'à cet instant, je ne l'ai entendue défendre un homme et la passion contenue dans sa voix et son regard brillant sont plus éloquents que ses paroles. Elle est amoureuse, mais elle ne le sait pas encore.

Malgré son incroyable force, elle m'apparaît soudain aussi vulnérable que Bambi et j'éprouve pour elle un grand élan de tendresse.

— Oh, *gazallae* ! Tu sais bien que je partage ton point de vue sur la religion mais nos parents pensent autrement. Le pays tout entier est bourré de préjugés. Je t'aime trop pour supporter que tu sois blessée, surtout pour quelqu'un que tu connais à peine.

— Je sais, Norma. Je comprends que tu t'inquiètes, mais je ne souffrirai pas. Je ne lui ai parlé que trois fois, pourtant il a quelque chose en lui qui... Je ne sais pas ce que c'est. Je n'arrive pas à l'expliquer. Quand je discute avec lui, c'est comme si rien d'autre n'existait ou ne comptait. Cela peut paraître stupide mais j'ai l'impression de le connaître depuis toujours.

— Et tu oses me dire que tu l'aimes bien, sans plus !

— Je ne sais pas. Je n'ai jamais ressenti cela auparavant. C'est différent, excitant, effrayant et merveilleux, tout à la fois. C'est tout ce que je peux dire.

— Dois-je comprendre que tu as envie de

continuer à lui parler ? dis-je, consciente de m'aventurer sur une pente risquée.

— Oui ! Absolument ! Je sais que je ne devrais pas mais c'est plus fort que moi Qui sais, peut-être est-ce ma destinée ?

— *Destinée !* Tu as dit *destinée* ? Mais tu n'y crois pas ! De toute façon, je ne vois pas comment tu vas faire. Crois-tu que Mohammed ne va se rendre compte de rien ? Encore deux coupes de cheveux et Michael va devenir chauve. Quel prétexte va-t-il trouver après ça ?

— Je m'inquiéterai de mon frère plus tard. Pour l'instant, j'ai besoin que tu m'aides à le revoir. S'il te plaît ! Je suis sûre qu'ensemble on peut trouver une solution.

— Est-ce si important pour toi ? Tu te rends compte des dangers que tu cours ? Penses-tu que ce garçon en vaille la peine ?

Dalia ! Ouvre les yeux, il est encore temps, me dis-je en moi-même. *S'il te plaît, Dalia, s'il te plaît !*

— Je le crois, répond-elle avec une ferveur qui me remplit d'effroi.

— Alors, d'accord. Je suis sûre de le regretter un jour mais je vais t'aider. Il faut qu'on soit prudentes. Si on se fait prendre, on risque toutes les deux de sérieux ennuis.

J'essaie une dernière tentative.

— Pourquoi veux-tu poursuivre cette histoire puisque tu sais que tu ne pourras jamais l'épouser ?

— Je n'y pense pas pour l'instant. J'ai seulement envie de le revoir et de lui parler à nouveau, même s'il reste un ami et rien de plus.

— D'accord – je lui presse doucement l'épaule et me lève du divan – nous en reparlerons demain matin. Pour l'instant, tu ferais mieux d'aller déverrouiller la porte pendant que je range et que je lave le cendrier. Il ne faut pas que Mohammed et Raed trouvent la pièce dans cet état. Ils ne vont pas tarder.

— Merci, merci beaucoup, exulte Dalia, qui esquisse quelques pas de danse tout en s'éloignant.

Ai-je raison d'aider mon amie d'enfance à vivre une telle relation ? Cette question me taraude l'esprit alors que je remets hâtivement de l'ordre dans la salle de repos. Et puis j'essaie de me convaincre que Dalia a raison. Toutes les deux, nous sommes invincibles.

Nous avons appris ensemble les règles dévolues aux femmes. Aujourd'hui, à vingt-cinq ans, pour la première fois de notre vie, nous nous apprêtons à les transgresser. À les défier. Quand nous étions petites, personne ne faisait de distinction entre les filles et les garçons. Ni la société, ni nos familles. Cela ne paraissait pas important de savoir avec qui nous jouions, où et comment. Mais au fur et à mesure, la liste des interdits s'est allongée !

Dès l'âge de dix ans, nous n'avons plus été autorisées à entrer en contact avec des garçons étrangers à notre famille. Nos mères, comme toutes celles qui ont des filles, nous ont appris à vivre dans un monde protégé, antipathique, dominé par les hommes. Je suis persuadée que pas une femme élevée en Jordanie n'a échappé dans son enfance et son adolescence à des phrases du genre « l'honneur d'une femme, une fois détruit, ne peut jamais être récupéré » ou « Mieux vaut perdre la vie que sa réputation ». On nous racontait comment une telle avait choisi de se suicider par peur de se faire violer, préférant mourir honorablement, ou comment une autre, à la suite d'une agression, avait été assassinée par sa propre famille qui cherchait à protéger sa réputation.

Au fil des jours, nos parents nous inculquaient l'idée que les hommes sont supérieurs aux femmes. Nous étions tenues en esclavage, non par des fouets et des chaînes mais par des mots et l'enseignement de traditions séculaires. Et si nous acceptions d'avancer le dos courbé, ce n'était pas par conviction ni par adhésion, mais par peur des conséquences de toute velléité d'émancipation. C'était la première fois que l'une d'entre nous envisageait, ne serait-ce qu'un instant, de transgresser les règles.

Comme le frère de Dalia et son ami ne vont pas tarder à arriver, nous finissons le ménage en hâte, cachons les cigarettes et prenons place sagement à nos postes de travail. Un quart d'heure plus tard, nous entendons un pick-up s'arrêter devant le salon. Mohammed en descend en riant à gorge déployée. Il se précipite à l'intérieur, nous tend une bouteille de jus de carottes et des sandwiches *falafel*, mais à notre grande surprise, ne s'attarde pas. Tout au plus veut-il savoir à quelle heure venir nous chercher pour nous ramener à la maison. Sa préoccupation est ailleurs : son copain Raed a déniché les jantes qu'il cherche en vain depuis qu'il a acheté sa voiture, et il est pressé de filer à « Auto World » les récupérer.

— Appelez-moi sur mon portable si vous avez

besoin de quelque chose, crie-t-il en s'enfuyant dans le crépuscule.

Mohammed adore son pick-up. Il l'a acheté en octobre dernier, et il y voit bien plus qu'un moyen de transport. C'est sa passion, son bébé, son boulot à plein temps, et bien qu'il se soit offert toutes les options possibles, il veut sans cesse l'améliorer.

Nos prières semblent exaucées. Tant que Mohammed sera prêt à courir toute la ville pour son précieux pick-up, nous pourrons profiter de longues heures d'intimité, sans nous contenter de notre seule pause déjeuner pour être tranquilles. Car, depuis quatre ans et demi, il rapporte à nos pères tout ce qui se passe dans le salon. L'idée d'être espionnées ne nous réjouit pas, mais nous n'y pouvons rien. Se plaindre serait donner l'impression qu'on a quelque chose à cacher et irait à l'encontre de notre éducation.

Car la plupart des Jordaniennes n'ont pas le droit d'argumenter avec les hommes de leur famille. Qu'elles aient raison ou pas, le simple fait d'être une femme leur donne tort aux yeux de la société. Il nous est interdit de remettre en cause les principes. C'est une croyance arabe qui transcende les clivages religieux et sociaux.

3

Il y a quelques jours que j'ai appris l'existence de Michael. Dalia s'est montrée nerveuse toute la matinée. Assise à la réception, elle feuillette un magazine pendant que j'achève une permanente sur ma cliente de dix-sept heures. Je lui lance un regard en coin. Elle a quarante minutes de libres avant son prochain rendez-vous et en profite pour se documenter sur les nouvelles coupes et les tendances à la mode. Mais visiblement, tout en fourrageant dans les piles de cahiers et de papiers accumulés au fil des années, elle ne pense qu'à Michael.

— On devrait vraiment faire le tri là-dedans, s'exclame-t-elle en repêchant un petit carnet qui porte en noir l'inscription « Livre de Résultats ». C'est inutile de continuer à noter les réponses. On a gagné de toute façon.

Je comprends aussitôt son allusion, contrairement à Lucy, ma jeune cliente qui attend nerveusement le verdict du séchoir.

Dalia ouvre le calepin à la première page. La date, 26 juillet 1990, s'y étale en lettres majuscules rouges. Elle se renverse dans sa chaise et ferme les yeux. Tout avait commencé il y a cinq ans sur un mode innocent après une visite de Um Suhal, une cliente régulière de Dalia, alors enceinte de son deuxième enfant.

— Vous espérez avoir un garçon ou une fille ? lui avait demandé à brûle-pourpoint Dalia pendant le rendez-vous.

La réponse avait fusé :

— Un garçon !

Une fois Um Suhal partie, Dalia avait enfourché son cheval de bataille.

— Il y a quelque chose d'étrange, Norma... avait-elle lancé.

— Quoi donc ?

À voir la lueur qui brillait dans ses yeux, j'avais compris que j'étais partie pour une longue et épuisante conversation sur la vie en Jordanie et la condition des femmes en particulier.

— Pourquoi est-ce qu'à chaque fois qu'on demande à une femme enceinte si elle veut un garçon ou une fille, elle répond toujours un garçon ?

— Elles veulent simplement faire plaisir à leurs maris. Tu sais bien que tous les hommes veulent des fils.

— Non, je suis sûre qu'il y a autre chose, riposta-t-elle.

C'est ainsi que débuta notre « enquête » et la tenue régulière de ce petit carnet. Au fil des années, nous avions posé la question à cent quatre-vingt-treize femmes. Seulement quinze avaient affirmé vouloir des filles ; les cent soixante-dix-huit restantes optant pour un garçon. Dalia avait trouvé la preuve qu'elle cherchait. Et au fur et à mesure que les chiffres augmentaient en sa faveur, son désir de changement croissait. Elle imaginait un Nouveau Monde pour les femmes, un endroit où elles auraient les mêmes droits que les hommes. Où nous aurions toutes la possibilité de choisir seules, de décider de nos vies, de notre travail, de notre mariage. Où une femme enceinte pourrait avoir envie d'avoir une fille.

Le carnet à la main, Dalia me cherche du regard. Elle tente de m'appâter, désireuse de reprendre le fil de sa théorie, comme à chaque fois qu'elle en a l'occasion. Je sais qu'à moins de lui demander expressément, rien ne l'arrêtera.

— Je ne souhaite pas qu'une de mes filles devienne un jour l'esclave d'un homme. Et je n'ai aucune envie de la voir grandir dans un pays où elle sera considérée comme un citoyen de seconde zone, dis-je en espérant mettre un terme à la discussion.

— C'est ça, Norma ! s'exclame-t-elle. C'est exactement ce que je veux dire. Toutes les femmes pensent comme toi : elles se croient incapables de lutter contre cet état de fait, alors elles préfèrent avoir des garçons.

Un éclair de victoire traverse son regard. Mais nous n'en sommes qu'au premier stade de sa théorie. Décidément, Dalia a le chic pour transformer notre petit salon en plate-forme révolutionnaire.

— Mais je suis persuadée que beaucoup de femmes en ont assez de vivre ainsi. Alors, c'est inévitable, les choses changeront, proclame-t-elle en me laissant le rôle de l'avocat du diable.

— Je ne vois pas comment. Nous n'avons aucune possibilité d'influer sur les événements.

— Tu te trompes. La génération de nos mères a vécu ainsi parce qu'elle croyait au mode de vie arabe, pas parce qu'elle redoutait de prendre position. Nous, nous acceptons cette existence parce que nous avons peur, pas par conviction. Alors tôt ou tard, les choses changeront, insiste-t-elle.

— Dalia, regarde la réalité en face. Crois-tu que les portables, les ordinateurs et même l'apparition de quelques femmes médecins et de féministes ont changé quelque chose pour nous ? Les coutumes et les croyances de ce pays sont vieilles de plusieurs siècles. Il faudra encore des centaines d'années avant que les mentalités évoluent.

— Je ne crois pas. C'est vrai que nos traditions remontent à très longtemps. Mais comme tu l'as dit toi-même, notre génération n'y croit pas. Elle les craint. Réfléchis... Quand on *croit* au statu quo, on n'a aucune raison de désirer le changement mais la peur, ça finit toujours par se dépasser. Un jour, quelqu'un trouvera le courage d'aller de l'avant. Cela ne viendra peut-être pas de notre génération, mais de la prochaine ou de celle d'après. Mais je suis convaincue que la crainte s'évanouira et que des temps nouveaux arriveront. Le changement finit toujours par gagner, tu verras.

De nombreuses amies de Dalia partagent cette conviction, caressent secrètement le même rêve. Mais Dalia aurait été la première à descendre dans la rue.

À ses côtés, les autres femmes se sentaient fortes. Car elle savait tirer le meilleur de nous-mêmes. C'était une force de la nature, douée d'une puissance intérieure exceptionnelle. Aujourd'hui, je comprends pourquoi les hommes de mon pays ont vu en elle une créature aussi menaçante qu'une armée en marche.

Pour les hommes du Moyen-Orient, une femme comme Dalia est une ennemie, une *sharmuta*. Il faut la faire taire avant qu'elle puisse influencer les autres avec ses opinions scandaleuses. L'exécuter. C'est la règle établie depuis toujours pour éliminer les *sharmutas*. Il n'y a ni procès, ni interrogatoire. Aucune chance de se défendre. La mort ne donnera lieu à aucune enquête, aucune inculpation criminelle. Si la victime représente une menace pour les coutumes, les valeurs et le mode de vie jordaniens depuis des milliers d'années, sa disparition sera amplement justifiée.

Pendant des années, j'ai craint pour la vie de mon amie, tout en lui enviant son esprit : « Si ton visage d'ange est une bénédiction, ta langue de diablesse est une malédiction » lui répétais-je sans cesse. Non parce qu'elle avait tort, mais parce qu'elle critiquait des lois anciennes. Les lois du désert. Le mode de vie des Bédouins nomades, est encore une réalité en Jordanie. Bien qu'ils représentent à peine un pour cent de la population du pays, leurs croyances dominent toujours la société. Certains d'entre eux ont opté pour la vie citadine et beaucoup se sont sédentarisés sur des terres cultivées. Cependant, ils sont près de quarante mille à continuer à vivre de façon traditionnelle, en installant leur campement pendant une période déterminée pour faire paître leurs animaux. Leurs tentes noires en poils de chèvres (*es beit ash shair*) se dressent dans le sud et l'est de la Jordanie. Certaines sont réservées aux harems de femmes, les autres aux hommes. C'est de là que vient la tradition de ségrégation qui a cours de nos jours dans nos foyers, nos mosquées et tous les endroits publics.

La plupart des hommes du désert portent encore les traditionnelles longues robes flottantes assorties d'un poignard, symbole de la dignité masculine. Les femmes sont vêtues de tissus colorés, dont les couches superposées les couvrent presque entièrement.

Contrairement à certaines musulmanes, elles masquent rarement leur visage, préférant des tatouages faciaux aux motifs compliqués. Mais elles doivent néanmoins dissimuler leur tête et leurs cheveux sous un voile en présence des hommes. L'infanticide des filles et les circoncisions n'ont pas complètement disparu alors qu'ils sont devenus extrêmement rares dans les grandes villes de Jordanie.

Ce mode de vie, qui a donné naissance aux obscures traditions séculaires, domine la majeure partie du monde arabe, et notre vie quotidienne à Amman. Elles sont si importantes aux yeux des hommes que certains n'hésitent pas à sacrifier une femme pour les préserver.

4

Il y a un peu plus de deux semaines que Michael n'est pas revenu au salon. Pourquoi ne s'est-il plus manifesté ? Dalia et moi passons notre temps à chercher les raisons de son silence. Peut-être ne l'aime-t-il pas en définitive... Et si au contraire, il l'aimait trop pour la voir prendre des risques ? S'il avait eu un accident, s'il était blessé ou mort ? Tous les matins, Dalia espère le voir pousser la porte de la boutique et tend l'oreille à chaque sonnerie du téléphone. Mais au fil des heures, son visage s'assombrit. À l'heure de la fermeture, on dirait qu'elle se rend à une veillée funèbre et elle a beau tenter de masquer sa déception et son amertume, je lis dans ses yeux la peur de ne plus jamais le revoir.

Durant les trois ou quatre jours qui ont suivi sa dernière visite, nous n'avons parlé que de lui, complotant d'innombrables scénarios qui permettraient à Dalia de le rencontrer sans risque. Pour une raison mystérieuse, notre audace ne nous effraie pas. Car si nous n'oublions pas les dangers encourus, nous débordons d'assurance, persuadées que personne n'en saura jamais rien. Dalia voudrait me faire croire par instants qu'elle se moque de ne plus jamais entendre parler de lui, qu'il n'est après tout qu'un client comme les autres. Mais je sais qu'elle ment. Son angoisse transparaît un peu plus chaque jour.

La troisième semaine est presque terminée. Dalia traînasse dans le salon en faisant le ménage silencieusement pendant que je prépare mon matériel pour le dernier rendez-vous de la journée. Une certaine Jehan a téléphoné ce matin en me suppliant de lui trouver une petite place, à n'importe quelle heure. Elle avait l'air si désespéré que je n'ai pas eu le cœur de lui refuser. Il me reste dix minutes avant son arrivée, dix minutes que je pourrais mettre à profit en m'occupant de Dalia qui ressemble à une âme en peine. Mais je ne sais par où commencer. N'ayant pas plus qu'elle d'expérience des choses du cœur, je préfère éviter le sujet. Quand elle sera disposée à parler, elle le fera d'elle-même. Du coin de l'œil, je la regarde avec inquiétude s'enfoncer dans une profonde dépression. Brusquement, le temps se fige autour de moi. J'essaie désespérément d'entrevoir notre avenir. Pour la première fois de ma vie, je me demande où est notre destin. Dans ce modeste salon de coiffure ? Dans une vie de célibataire ? Comme Dalia, l'idée d'être mariée à un Arabe me révulse mais en pensant que je finirais peut-être mes jours seule, un poids énorme me tombe sur la poitrine. Le dilemme de mon amie devient de plus en plus obsédant. Que ressentirais-je si j'étais attirée par un musulman ? Comment réagirait ma famille ? La mise à mort et l'emprisonnement des femmes qui enfreignent les règles ne sont pas qu'une punition islamique ; ici, elles dépassent la religion. Chez moi aussi le climat d'affection et de liberté accordées pendant l'enfance s'est mué en un contrôle sévère de mes faits et gestes. Et j'imagine très bien mes frères et père se disputer l'honneur de me lancer la première pierre.

Dès son plus jeune âge, on apprend deux choses en Jordanie. La première, qu'il est interdit à un musulman d'épouser un chrétien et vice versa, et la seconde – tout aussi importante – qu'on doit toujours faire bonne figure en société, quelle que soit la gravité de ses problèmes personnels. Je pense qu'aucune autre nationalité n'est plus adepte du vieil adage : « Il faut laver son linge sale en famille. » Pour preuve, les chrétiens et les musulmans savent se montrer amicaux et hospitaliers en public mais jamais – jamais ! – ils ne laisseront leurs enfants se marier. Rien ne doit filtrer à l'extérieur. Mes frères par exemple : à première vue, ce sont quatre gentlemen bien élevés, raffinés, professionnels et modernes. Âgés de vingt-trois à trente-deux ans, plutôt de belle prestance, ils savent à la perfection donner cette « image d'honorabilité » que mes parents nous ont inculquée. Mais ce n'est qu'une façade. Une fois fermées les portes de notre maison, leur vraie nature se révèle. Leurs amis seraient peut-être très étonnés de voir avec quelle violence ils réagiraient si j'étais amoureuse d'un garçon, mais pas moi. Leur tempérament brutal ne surprendrait d'ailleurs aucune femme arabe, qui sait depuis sa naissance ce que brutalité veut dire. Les hommes apprennent très tôt à soumettre les femmes au moyen de châtiments corporels. Les épouses, les mères, les filles sont parfois maltraitées physiquement par leur mari, leur fils, leur père ou leur frère pour un « crime » aussi véniel qu'un repas mal préparé ou une lessive qui traîne en longueur. Si mon père et mes frères étaient pour leur part indulgents envers ce genre de trivialités, je ne doutais pas une seconde qu'ils réagiraient avec une grande violence sur des sujets plus sérieux, tels qu'une relation amoureuse.

Je redoutais déjà le regard incrédule et dédaigneux de ma mère. Sa colère aussi. Elle approchait de ses cinquante-quatre ans. Elle était petite et trapue, avec un teint de lait, des joues roses et des yeux noirs brillants comme deux étoiles. Parfois, en plongeant mon regard dans le sien, j'avais l'impression que cette lueur reflétait les larmes qu'elle dissimulait derrière son apparente gaieté. Certains jours, quand elle se croyait seule, je la surprenais, assise, l'œil dans le vague, comme perdue dans une autre vie. J'avais alors le sentiment d'entrevoir les fantômes de ses rêves enfuis, poignardés au fond de son cœur. Mais elle s'obligeait à vivre dans l'illusion qu'en simulant le bonheur, elle finirait un matin par se réveiller vraiment heureuse.

Bien que doté d'une silhouette plus impressionnante, mon père se révélerait probablement le moins violent physiquement des membres de ma famille. C'était un homme très pondéré, qui parvenait toujours à dissimuler la profondeur de ses émotions. Si je devais nouer une relation avec un musulman, il ne lèverait ni le poing ni le couteau mais tiendrait probablement le rôle du cerveau dans la punition que m'infligeraient mes frères.

Durant quelques instants, mes craintes m'ont entraînée loin du salon. Je reviens à moi en entendant le bruit de la porte d'entrée. Sur le seuil se tient une jeune fille mince, nerveuse, dotée d'une impressionnante crinière couleur sable ramassée en une queue de cheval soyeuse qui lui tombe sur les hanches. Dalia a disparu. J'imagine qu'elle a dû aller se reposer dans l'arrière-salle. Je m'apprête à faire quelques pas pour accueillir Jehan quand la porte s'ouvre à nouveau, cédant le passage à Michael. Un Michael en pleine forme, bien vivant... mais accompagné ! Qui peut être cette jeune fille ? Une de ses parentes, forcément. Vu l'heure tardive, il y a même de grandes chances pour qu'elle soit son épouse. Des pensées contradictoires se bousculent dans mon esprit. Pourquoi ne l'a-t-il pas dit à Dalia ? Comment ose-t-il amener sa femme ici ? Est-ce possible qu'il n'éprouve aucune attirance pour mon amie ? Ne s'est-il pas aperçu qu'il lui plaisait ? J'ai beau savoir que tous deux ne pourront jamais se marier – en tout cas pas en Jordanie – je prie pour que l'alchimie entre eux ne soit pas qu'un fantasme de Dalia. Apprendre que Michael est marié risque de la précipiter dans un désespoir profond.

Instinctivement, je sens qu'il est de mon devoir de la protéger, de découvrir qui est Jehan avant d'aller la prévenir que Michael est là, dans l'entrée du salon. Debout, derrière le comptoir de la réception, j'essaie de faire bonne figure.

— Bonjour, puis-je vous aider ? dis-je à la jeune femme.

— Je m'appelle Jehan. J'ai rendez-vous avec Norma, me répond-elle d'un ton confiant et amical.

— C'est moi. Heureuse de vous rencontrer.

Puis je tourne ostensiblement mon regard vers Michael et demande :

— Vous êtes ensemble ?

— Oui, murmure-t-il en hâte.

Je cherche quelque chose à dire. Finalement, je m'adresse à Jehan.

— Venez avec moi.

Laissant Michael à la réception, j'entraîne la jeune fille vers mon poste de travail. Et déjà, une pensée atroce me torture l'esprit : est-elle au courant qu'il est déjà venu ici ? Je dois manœuvrer prudemment mais pour le salut de Dalia, je dois également avoir une réponse.

Une fois Jehan assise confortablement, je me penche vers elle :

— Quel genre de coupe désirez-vous ? dis-je en espérant qu'elle ressemble à la majorité de mes clientes qui prennent le fauteuil du coiffeur pour un divan de psychanalyste et déballent leur vie personnelle jusqu'à leur départ.

— Il a réussi à me convaincre que je serais mieux avec les cheveux au carré alors je suis venue, répond-elle dans un grand sourire.

— Qui « il » ? dis-je, fébrilement, avide d'informations.

— Michael bien sûr ! Il me recommande ce salon depuis des semaines. D'après lui, c'est le meilleur de Amman et Dalia est géniale.

— Oh... ! Je suis heureuse de l'entendre. Vous devez être très proches pour lui faire confiance à propos de vos cheveux, dis-je, toujours à la pêche.

— Oh oui ! Très, très proches. Il est super et excessivement gentil contrairement aux autres hommes... si vous voyez ce que je veux dire. Et tellement beau. Son opinion est la seule que j'écoute vraiment. À tous les niveaux.

En maniant les ciseaux, je réfléchis à toute vitesse. Mariés, pas mariés ? Je n'en sais toujours rien. Le mieux est de rester calme et d'essayer d'amener discrètement la conservation sur le sujet. Je jette un coup d'œil en direction de la réception. Michael est assis sur un fauteuil qui lui permet d'embrasser tout le salon du regard. Son visage est en partie masqué par un magazine mais il fait semblant de lire. Il passe son temps à lancer des regards furtifs autour de lui tout en se trémoussant sur son siège, l'air anxieux et mal à l'aise. Son comportement m'intrigue. S'il craint de rencontrer Dalia en présence de Jehan, pourquoi a-t-il amené cette dernière ici ?

Je tente une attaque en douceur pour forcer ma jeune cliente à se livrer.

— Où allez-vous vous faire coiffer d'habitude ?

— Normalement, je vais chez Mary dans le second district. Vous en avez entendu parler ?

— Oui. En face de la boulangerie Abu Ali, c'est ça ? Vous habitez tout près de là ?

— En fait, nous vivons à égale distance entre ici et là-bas. À Abdoun, à l'entrée du quatrième district.

— Je vois où ça se trouve, dis-je, effondrée par ce « nous ».

Aucune erreur possible, elle veut dire « Michael et moi ». Ma déception est immense mais j'ai enfin la réponse que je cherchais. De toute évidence, elle vit avec lui. Elle doit être sa femme.

Maintenant, il s'agit de terminer mon travail au plus vite pour qu'ils quittent tous les deux le salon avant que Dalia ne les voie. Elle n'est qu'à quelques mètres de lui, de l'autre côté du mur dans l'arrière-salle. Comment lui dire qu'il est là ? Qu'il est marié ? Que son épouse a l'air d'une jeune fille douce et séduisante qui, en d'autres circonstances, aurait pu devenir notre amie. Elle en serait d'autant plus blessée. Tandis que je réfrène mon envie farouche de massacrer la crinière de Jehan (mais après tout, ce n'est pas de sa faute !), je rêve au plaisir que j'aurais de mettre la main sur ce qu'il reste des cheveux de Michael.

À l'instant où j'entraîne mon encombrante cliente à la réception, j'entends le pick-up de Mohammed descendre la rue.

— Alors, Michael ? Qu'en dis-tu ? s'enquit Jehan en secouant la tête et en lissant sa coupe au carré.

— C'est bien, réplique-t-il avant de s'arrêter brusquement, glacé, les yeux fixés sur Dalia qui émerge de la salle de repos.

Jehan fait volte-face et suit la direction de son regard. Dalia rougit violemment mais avant que j'aie

le temps de parler, Mohammed s'engouffre dans le salon.

Nous sommes là tous les cinq, parfaitement immobiles, nous dévisageant les uns les autres sans dire un mot. La tension est si palpable et la pièce si silencieuse que j'entends presque les battements de mon cœur.

— Vous êtes prêtes à fermer ? lance Mohammed en brisant ce silence de mort.

Aussitôt, Michael et Jehan se reprennent et, comme obéissant à un signal, s'enfuient hors de la boutique. Dalia me regarde fixement. Son visage exprime un tel mélange d'angoisse, d'extase et de stupéfaction que je redoute de me retrouver seule avec elle, au cours de notre déjeuner du lendemain.

5

Il s'est écoulé deux semaines depuis cet épisode et nous n'avons pas encore trouvé l'occasion d'être seules, Dalia et moi. À notre grande consternation, Mohammed dont la vie sociale est actuellement au point mort a passé le plus clair de son temps avec nous et a pris pension dans notre arrière-salle. Un matin, profitant de l'absence de mon père et de mes frères qui sont allés rendre visite à ma grand-mère paternelle dans une ferme près de Irbid, je délaisse mes corvées quotidiennes et file chez Dalia sur le coup des cinq heures et demie du matin. À cette heure-là, elle aura sûrement terminé ses prières matinales et n'aura pas encore entamé les tâches domestiques. Je dois absolument l'avertir que Michael est sûrement marié.

Je m'arrête une seconde sur le perron pour reprendre mon souffle puis m'apprête à frapper. À cet instant, la porte s'ouvre sur la mère de Dalia, un seau d'eau sale à la main. Effrayée, elle bondit en arrière :

— *Bism il lah* (Oh mon Dieu !) s'exclame-t-elle. *Sabah al-khair* (Bonjour) Que fais-tu là de si bonne heure ?

— Je suis désolée, je ne voulais pas vous faire peur. *Sabah al-noor*, Um Suhal, je suis venue voir Dalia.

— Bien sûr. Où ai-je la tête ? Entre, si elle n'est pas dans la cuisine, elle doit se trouver dans sa chambre.

— Merci, Um Suhal. Vous voulez que je vous aide à porter ce seau ?

— Non, non, entre.

D'aussi loin que je me souvienne, la mère de Dalia a toujours été appelée Um Suhal, ce qui signifie « Mère de Suhal ». À la naissance de son premier fils, une femme perd son identité ; elle n'est plus que la mère de... De leur côté, les pères, eux, sont glorifiés par cette naissance et le nom de « Abu » s'ajoute à leur patronyme.

Um Suhal, dont le vrai nom est Rania, est une créature d'apparence fragile, l'opposée de ma mère. Elle est grande et élancée, le teint un peu jaunâtre, sans éclat, qui a dû avoir autrefois la fraîcheur des pétales de roses. Ses yeux couleur vert émeraude sont également marqués par les années. La flamme de la jeunesse s'y est éteinte depuis longtemps. Elle appartient à une lignée d'Arabes assez rare qui présente encore des caractéristiques physiques issues de leurs gènes gréco-romains. Ces femmes généralement dotées d'une belle peau, de cheveux clairs, aux yeux ni noirs ni bruns, sont jugées fort séduisantes et très recherchées par les hommes. On pense qu'elles « produisent » une descendance parfaite. Quand on regarde Dalia et ses quatre frères, cette théorie semble contenir une grande part de vérité.

Je trouve Dalia dans sa chambre, assise sur son

lit en train de lire les dernières pages du *Fact of time* de Taher al Edwar.

— *Sabah al-khair, ya gazallae*. Que lis-tu ? dis-je en pénétrant dans la pièce.

— Oh mon Dieu ! Comment as-tu fait pour t'échapper d'aussi bonne heure ? me demande-t-elle en se levant pour m'embrasser.

— J'ai eu de la chance, mon père et mes frères sont allés chez Gidi (mon grand-père) et j'ai couru jusqu'ici pour qu'on puisse parler.

— J'en suis ravie, j'ai l'impression que je vais exploser. Mais d'abord, assurons-nous qu'il n'y a personne dans les parages, dit-elle en se ruant hors de la chambre.

Je m'assois sur le lit et promène mon regard sur les bibelots posés ici et là dont un grand nombre rappelle notre amitié. Certains remontent à notre enfance : les fossiles déterrés à sept ans dans la ferme de mes grands-parents, la boîte de bonbons contenant la collection de coquillages, de coraux et l'étoile de mer découverts sur la côte d'Aqaba. D'autres sont plus récents, comme la toile Samar Hadaddin que nous avons achetée à la galerie Riwak Al Balkaa à Fuheis quelques semaines plus tôt, aujourd'hui suspendue au-dessus de sa tête de lit. L'autre, sa jumelle, trône également dans ma chambre.

La pièce ressemble à Dalia même si les meubles, l'édredon et les rideaux ont visiblement été choisis par sa mère.

— Prends la console pliante derrière la commode, me dit Dalia en réapparaissant avec deux petites *fanageen* (tasses à café turques) remplies à ras bords.

Je m'exécute et installe la petite table près du lit. Après y avoir déposé le café, elle se précipite sur le dernier tiroir de la commode et en sort un paquet de Gauloises blondes et un cendrier en terre cuite.

— Va fermer la porte à clef, me demande-t-elle.

Avant de s'asseoir, elle allume la radio posée sur le bord de la fenêtre, baisse le volume et la dépose par terre derrière la porte verrouillée afin de se prémunir des éventuelles oreilles indiscrètes qui passeraient dans le couloir.

— On peut parler maintenant, fait-elle remarquer en me tendant une cigarette.

Je me tourne vers elle :

— Ce que j'ai à t'expliquer ne va pas te plaire...

— Que veux-tu dire ?

Visiblement, elle prend sur elle pour garder son calme.

— Eh bien... Je crois que Michael est marié.

Elle reste imperturbable tandis que les émotions les plus diverses se succèdent sur son visage.

— Je ne crois pas. Il n'est pas du genre à cacher une chose pareille.

— Tu te souviens de Jehan, la femme qu'il a accompagnée au salon ? Eh bien, ils sont arrivés et repartis ensemble, et il était tard.

— Ça ne signifie pas qu'ils sont mariés.

— Non, mais ils habitent sous le même toit.

— Et alors ? Cela ne veut toujours pas dire qu'elle est son épouse. Te l'a-t-elle précisé ?

— Non, mais elle m'a dit qu'elle l'aimait et le respectait.

— Elle a le droit de l'aimer et de le respecter s'il est de sa famille.

— Je sais, mais je te rappelle que la plupart des femmes célibataires ne peuvent pas sortir à une heure aussi tardive. Le soir, on a juste l'autorisation d'aller chez un parent.

— C'est peut-être sa cousine ou... Elle habite avec lui ? Tu en es sûre ?

— Oui.

— Alors, c'est sûrement une de ses sœurs. Il en a trois.

— Je n'y avais pas pensé. Tu as peut-être raison. Mais si ce n'est pas le cas, promets-moi de ne plus jamais lui parler.

— Je te jure que si je découvre qu'il est marié, je ne lui adresserai plus jamais la parole.

— Parfait.

— Comment pourrait-on faire pour découvrir l'identité de cette fille ? T'a-t-elle dit quelque chose ? Et lui, tu lui as parlé ?

— Je n'en ai pas eu l'occasion. Je me suis occupée de Jehan. Pour savoir de quoi il retourne, il faut qu'on s'arrange pour entrer en contact avec eux. Et si on l'appelait pour lui annoncer qu'on est en période de promotion au salon, et qu'elle a été sélectionnée parmi nos nouvelles clientes pour bénéficier d'un soin du visage gratuit, par exemple ? Si elle revient, on pourra peut-être découvrir quel est son lien de parenté avec Michael !

— C'est une bonne idée. Téléphonons-lui aujourd'hui.

— D'accord, dis-je en allumant ma cigarette.

Quelques minutes plus tard, notre bavardage est interrompu par un coup puissant frappé contre la porte. Suivi de la voix de son frère Rafiq.

— Dalia ! Où est le café ?

— *Hiene jia* (je viens) ! hurle-t-elle en me jetant un regard exaspéré.

Rafiq est le benjamin de ses frères et en dépit de son jeune âge, c'est déjà l'homme le plus cruel et le plus querelleur que j'ai jamais rencontré. Sa méchanceté se lit sur son visage, et bien qu'il soit très beau, je le trouve absolument repoussant.

— Laisse-moi t'aider à préparer le petit déjeuner, dis-je. Ça va gagner du temps et après, on pourra reprendre notre conversation.

— Bonne idée.

Dalia dissimule les cigarettes et les allumettes et asperge la pièce de désodorisant, pendant que je vide le cendrier dans les toilettes en prenant garde à tirer la chasse d'eau pour éliminer les mégots. Puis, je la suis dans la cuisine où nous commençons par préparer quatre litres de thé à la menthe et du café turc avant de confectionner les deux plats traditionnels du matin. D'abord, les *eejay*, des œufs, des oignons, de la farine et des épices, mélangés dans une pâte à frire liquide, puis des tomates frites. Puis nous déposons sur la table du *laban* (une crème de fromage), le *zayt* et *zayter* (une sauce à l'huile d'olive et aux épices dans laquelle on trempe le pain), des olives, du *ka'ik* et du pain arabe. Une fois notre travail terminé, nous remplissons à nouveau nos tasses de café et filons vers le patio situé à l'arrière de la maison. Alors que nous quittons la cuisine, Um Suhal s'y précipite pour mettre le couvert. Quand le père et les frères de Dalia descendront, elle les servira avant de s'éclipser discrètement. Généralement, pendant que les hommes déjeunent, Dalia doit aider sa mère à faire les chambres et la lessive mais ma présence l'exempte de cette corvée aujourd'hui.

Le patio consiste en une large dalle de ciment ombragée par de la vigne vierge attachée à une marquise en métal. Nous prenons place sur les chaises en fer forgé et posons nos tasses sur le plateau en marbre de la table. Il fait très bon à cette heure matinale, et le café est excellent. Nous restons silencieuses un long moment, savourant le calme qui règne autour de nous. De toute façon, nous sommes trop près de la cuisine pour pouvoir parler. Les frères ou le père de Dalia pourraient nous entendre par la fenêtre ouverte.

La famille de Dalia est presque au complet ce matin. Ne manque à l'appel que son frère Nasar qui a déménagé après son mariage neuf mois plus tôt. Nasar est la copie conforme de Rafiq, en plus âgé et en plus désagréable – si c'est possible. Il est ingénieur agricole dans un service gouvernemental. Sa femme, Diana, a suivi des études dentaires mais n'a jamais été autorisée à travailler, ni avant son mariage, ni après. Elle n'a pas le droit de quitter la maison sans son époux, même pour sortir les poubelles. L'unique fois où elle s'est plainte, il lui a cassé le nez et l'a renvoyée dans sa famille. Ses parents ont donné raison à leur gendre en décrétant qu'elle avait mérité la punition et qu'elle n'avait pas à défier son mari. Puis ils l'ont raccompagnée au domicile conjugal pour qu'elle quémande son pardon. En neuf mois de mariage, elle n'a quitté son appartement qu'à quatre reprises : pour se rendre avec Nasar au *Abai'ala* (le supermarché), pour rendre visite à ses parents et à sa belle-famille.

Quelques heures plus tard, nous sommes à peine arrivées chez N&D sous la bonne escorte de Suhal – le frère aîné – qui a veillé à ce qu'on soit bien entrées dans le salon avant de disparaître au coin de la rue, que Dalia attaque d'emblée.

— Bon, il faut trouver le numéro de cette Jehan et la convaincre de revenir ici. Comme tu t'es occupée d'elle, c'est toi qui appelles.

— Je savais que tu allais me le demander, dis-je avant d'ajouter, avec un soupir de résignation un peu théâtral : d'accord, je vais le faire.

6

Une sonnerie, deux sonneries... Je n'en mène pas large, et suis sur le point de raccrocher quand Dalia m'agrippe le bras. Attends, semble-t-elle dire. Soudain, à la cinquième sonnerie, une voix masculine répond à l'autre bout du fil. Je me raidis, la bouche sèche comme du carton, incapable de parler. Dalia me donne un coup de coude et, mon expérience professionnelle reprenant le dessus, je me lance dans un petit laïus si ampoulé qu'on dirait un message enregistré.

— Bonjour, je téléphone du salon N&D. Pourrais-je parler à Jehan, s'il vous plaît ? dis-je en retenant mon souffle.

— Dalia, c'est vous ?

L'inconnu semble nerveux.

— Non, c'est Norma. Vous êtes Michael ?

J'ai parlé sans réfléchir. Ma panique monte d'un cran.

— Oui, reprend la voix. Norma, où est Dalia ? Comment va-t-elle ? Puis-je lui parler ? demande-t-il d'un trait.

Je l'interromps aussitôt d'un ton raffermi.

— Pourquoi vous donnerais-je de ses nouvelles ?

Je suis stupéfaite d'entendre ces mots sortir de ma bouche. Jamais je n'ai été aussi franche et directe avec un homme.

— Norma, s'il vous plaît. Je vous en supplie, passez-la-moi. Je n'arrive pas à oublier le regard qu'elle m'a lancé la dernière fois au salon. Je ne dors plus, je ne peux même plus travailler. J'ai appelé mon supérieur ce matin pour lui dire que j'étais malade. C'est pour cela que je suis à la maison. Ne vous inquiétez pas, je suis seul. Ma mère est allée au supermarché avec mon oncle. Si Dalia est là, laissez-moi entendre sa voix.

Un tel discours fleuve et un tel aveu dans la bouche d'un homme me laissent abasourdie. Je n'aurais jamais cru ça possible.

— Et votre femme ?

— Ma quoi ? s'insurge-t-il, l'air profondément choqué. Je ne suis pas marié. Qui vous a dit que je l'étais ?

— Personne en réalité mais si vous êtes célibataire, alors qui est Jehan ?

— Jehan est ma petite sœur. Vous avez cru que j'étais son mari ? s'exclame-t-il avant de partir dans un éclat de rire plus libérateur qu'ironique.

— Que vouliez-vous que je croie ? En général, les jeunes filles n'ont pas le droit de sortir à une heure aussi tardive.

— Oh ! C'est trop drôle. Ce n'est pas ma femme mais ma petite sœur. Maintenant, s'il vous plaît, dites-moi où est Dalia ?

— Elle est ici, près de moi. Notre prochain rendez-vous est dans une heure alors je peux vous la passer.

— Oui, s'il vous plaît, s'il vous plaît...

Je tends le récepteur à Dalia mais à ma grande surprise, elle le repousse d'un geste brusque, le visage cramoisi.

— Qu'y a-t-il ? C'est Michael. Il est seul chez lui et il veut te parler, dis-je à voix basse, la main plaquée sur le microphone.

— Je ne peux pas. J'aimerais bien mais c'est impossible. Parle-lui, toi, bredouille-t-elle en reculant de plusieurs pas.

J'ai beau tout essayer pour la convaincre de prendre la communication, jusqu'à lui jeter un magazine à la figure, mais rien n'y fait. Je suis bel et bien coincée.

— Michael, Dalia est dans l'arrière-salle en train de finir un travail urgent. Mais elle m'a demandé de vous faire patienter jusqu'à ce qu'elle arrive, dis-je, en roulant des yeux furibonds en direction de mon amie. Cela ne vous gêne pas ?

— Non, bien sûr que non. Dites-moi, Norma, Dalia vous a-t-elle parlé de moi ? Nous ne nous connaissons pas très bien mais a-t-elle déjà mentionné mon nom ?

— Oui, elle l'a fait.

— Et que vous a-t-elle dit ? Je veux dire... En fait, elle me plaît beaucoup et j'ai l'impression de la connaître depuis longtemps. J'ai envie de lui parler, d'être avec elle, vous comprenez. C'est étrange, j'ai croisé des milliers de femmes dans ma vie mais avant de la rencontrer il y a trois mois, je n'avais jamais ressenti ce genre d'émotions.

Malgré mon peu d'expérience dans les relations sentimentales, la clarté avec laquelle il exprime ses sentiments ne me surprend pas : la culture arabe est si structurée, si formelle que les hommes choisissent souvent leurs partenaires sur un simple regard. Mais si l'attirance immédiate de Michael pour Dalia me semble normale, sa confession volubile ne l'est pas. Mes frères avoueraient-ils ce genre de choses aussi librement ? Et je ne peux m'empêcher de me demander pourquoi il a attendu trois semaines pour le faire. Pourquoi ? Je sais cependant que s'ils avaient tous les deux la même religion, il demanderait bientôt sa main à son père pour faire connaissance en présence d'un chaperon.

— Dalia ressent la même chose pour vous, dis-je.

— Oh ! Quel soulagement. Vous n'avez pas idée du nombre de nuits blanches que j'ai passées à m'interroger sur ses sentiments.

— Je ne sais pas exactement quelles sont vos intentions à tous les deux, dis-je brusquement en me jetant à l'eau, étonnée par ma propre hardiesse. Elle est musulmane et vous êtes catholique. Si vous aviez la même religion, vous pourriez demander sa main mais c'est impossible en l'état actuel des choses. Je sais que vous avez envie de vous voir. Mais à quoi cela sert-il d'affronter autant de problèmes, et de prendre le risque de souffrir puisque votre histoire ne peut mener nulle part.

J'ai beau dire, je sais pertinemment que je vais

endosser le rôle d'entremetteuse. Visiblement, leurs sentiments sont profonds et partagés.

— Je n'ignore rien des dangers mais ils ne sont pas de taille à m'arrêter. Je me moque qu'elle soit musulmane. Elle pourrait tout aussi bien être bouddhiste, cela ne me ferait pas changer d'avis.

— Je partage votre point de vue sur la religion et j'ai promis à mon amie de tout faire pour l'aider. Mais attention, ses parents sont très traditionnels. Ils ne comprendront pas. Cependant, Dalia est prête à prendre le risque.

— On s'inquiétera de ça plus tard. On doit d'abord trouver un moyen de se voir. Croyez-vous que je pourrais revenir au salon ?

Avec le recul, je vois bien qu'à cet instant crucial, j'aurais dû prendre le temps de réfléchir. Ma réponse était déterminante : c'était la première pierre d'une conspiration éventuelle. Michael était arabe. Comme nous, il connaissait le code et les dangers encourus. Mais il était issu d'une longue lignée de militaires et depuis la naissance, il n'avait pas appris à envisager l'échec. Je devinais qu'il avait certainement voyagé et fait ses études à l'étranger, vécu dans des pays aux mœurs plus libres où les femmes ne sont pas opprimées et où les crimes d'honneur n'existent pas. Rien qu'à entendre sa voix, notre prison paraissait moins inéluctable, le danger un peu moins réel... Mais après tout, que savais-je de lui ? Peut-être, loin de son pays, avait-il oublié à quel point la Jordanie était encore régie par ces codes primitifs ?

Nous étions sans doute naïfs tous les trois. Tout en lui parlant, je comprenais les émotions qui s'étaient emparées de Dalia à leur première rencontre. L'optimisme et la force de Michael embrasaient nos espoirs, et notre soif de rébellion réprimés. Je n'avais pas à leur dénier le droit de vivre ce que le destin leur apportait. Et une partie de moi mourait d'envie de goûter un peu de ce rêve par procuration.

— Venir au salon ? C'est hors de question. Mohammed, le frère de Dalia (celui qui est entré alors que vous partiez avec Jehan), est là tous les jours. Il va et vient à son gré, impossible de prévoir quand nous serons seules.

— Et si vous deveniez amies avec ma sœur ? On pourrait se rencontrer par son intermédiaire. Je lui ai déjà parlé de mes sentiments pour Dalia et elle est prête à m'aider.

— Oui, ça peut marcher, mais ça risque de prendre du temps. Il faut d'abord que Mohammed s'habitue à la voir ici avant de nous autoriser à lui rendre visite. Est-elle très occupée ?

— Ce n'est pas un problème. S'il le faut, elle peut jongler avec son emploi du temps. Comme elle va à l'école, mon père n'a pas encore choisi son futur mari, comme pour mes autres sœurs.

— Vraiment ? Elles sont plus âgées que vous ?

— Non, plus jeunes mais elles ont été mariées contre leur volonté. Aida a vingt-huit ans et elle a une petite fille de deux ans magnifique, Jasmine. Son époux n'est pas trop *hakeer* (crétin) mais elle ne l'a pas choisi et elle ne l'aime pas. En revanche, elle adore son enfant, je crois n'avoir jamais vu une mère plus dévouée. Elle a un diplôme d'infirmière mais son mari ne veut pas qu'elle travaille. Et elle a l'impression de perdre son temps. Quant à ma sœur Miriam, elle n'a que vingt-trois ans mais mon père l'a forcée à épouser un *fus* (con) de quarante-six ans au lieu de la laisser continuer ses études. Elle a pleuré des jours entiers quand on l'a obligée à arrêter l'école. Elle voulait devenir professeur d'anglais.

Les mots sortent de sa bouche avec une aisance stupéfiante et un rien de nervosité. Ils se bousculent tandis qu'il me parle de sa famille, sans même reprendre son souffle. Je ne m'attendais pas à ce qu'il me livre aussi facilement des détails sur sa vie privée. Mais il veut me retenir, ne pas laisser s'installer les silences en attendant que Dalia ait le courage de le prendre au téléphone. Je suis nerveuse moi aussi mais soulagée qu'il entretienne la conversation. Et puis c'est si agréable, et si rare, d'entendre un homme s'émouvoir de la condition de ses sœurs et avoir l'audace de critiquer ses congénères.

— J'aimerais beaucoup rencontrer Miriam. Je suis allée dans des écoles anglaises mais malheureusement, je n'ai plus l'occasion de parler cette langue.

— Vous n'aurez pas cette chance. Le *hakeer* qu'elle a épousé nous laisse à peine la voir et elle ne sort presque jamais.

— Je suppose que c'est la vie... dans ce pays du moins. Dalia et moi avons l'avantage d'être les seules filles dans des tribus de garçons. Nos mères ont besoin de nous pour les aider à la maison, alors on ne nous a pas encore mariées de force.

— C'est aussi ce qui sauve Jehan. De plus, ma mère n'est pas en bonne santé. On n'a rien diagnostiqué pour l'instant, je crois surtout qu'elle est usée par la tyrannie de mon père. Il est très sévère et veut tout contrôler. Il a passé l'essentiel de sa vie dans l'armée et il traite ma mère comme l'un de ses hommes, lui crie constamment après et la tient sous son joug. Ça me rend fou de rage et j'aimerais pouvoir l'emmener loin de lui. Oh ! Parlons d'autre chose, c'est trop déprimant. Comme vous le voyez, ma famille n'a rien d'idéal.

— Elles ont toutes leurs secrets. Hé, il me vient une idée, dis-je soudain d'un ton désinvolte pour alléger la conversation. Puisque vous êtes catholique comme moi, vous pourriez peut-être me présenter un de vos frères. Dalia m'a dit que vous en aviez deux. Si je deviens votre belle-sœur, vous pourrez la voir quand vous voudrez.

Michael prend ma plaisanterie au pied de la lettre.

— Oh, ils ne vous plairont pas du tout. Jerius est plus jeune que moi mais il est marié depuis quatre ans. Il a deux fils et je ne suis pas loin de penser qu'il compte en faire des futurs Hitler arabes. Sauf qu'à la place des Juifs, il leur apprend à haïr les femmes. C'est d'autant plus atroce que son épouse, Samia, est très gentille et très douce. Mais elle ne sourit jamais. Remarquez, je la comprends. Vivre avec Jerius, ce n'est pas un cadeau. Elle me fait penser à ma mère. Je suis sûr qu'elle lui ressemblait au même âge.

— Et votre autre frère ?

— George ? Il a vingt-cinq ans et à part son physique de bellâtre, il n'a rien pour lui. J'ai du mal à l'avouer mais c'est un être superficiel, vaniteux et arrogant et si vous le connaissiez, vous n'en voudriez pas pour tout l'or du monde. C'est l'exemple type du jeune Arabe qui réussit financièrement et s'attend à ce qu'on le traite comme un Dieu. À mon avis, il est du style à demander à sa femme de renier sa religion pour l'adorer, *Lui*. Cela vous tente ?

— Non, non, non ! Absolument pas ! Oh !... Michael, pouvez-vous patienter une minute ? Il faut que j'aille voir ce que fait Dalia. Si vous voulez vous parler, ne perdez pas de temps. On va devoir raccrocher. Ne quittez pas.

Je pose le combiné sur le comptoir et me dirige droit sur mon amie qui a entendu la fin de la conversation. Je l'attrape par le bras et l'entraîne jusqu'au téléphone. Mohammed ne va pas tarder. Il n'y a plus de temps à perdre.

— Quel est ton problème ? lui dis-je agacée. Tu n'as pas arrêté de me répéter qu'il fallait absolument que tu lui parles et maintenant qu'il est à l'appareil, tu refuses de le prendre ! Il meurt d'envie de t'entendre et il a l'air d'un garçon très bien. Il bavarde comme une vraie pipelette et je crois qu'il est aussi nerveux que toi – je plaque ma main sur le micro du récepteur et murmure avec fermeté – prends cet appel immédiatement !

— D'accord, d'accord. Donne-moi une minute.

— Tu as eu une demi-heure pour te préparer. Ça suffit !

Elle saisit enfin le combiné et je me retire discrètement sur la pointe des pieds pour leur laisser un peu d'intimité. Mais à peine ai-je commencé à préparer du café dans la salle de repos que Mohammed arrive en coup de vent et se laisse tomber sur le canapé. Dalia se dépêche de raccrocher et nous rejoint. Avec la présence de son frère, impossible de discuter de ce qu'il vient de se passer. Notre frustration est presque insupportable.

— J'ai promis aux gars de les retrouver à dix-neuf heures et il faut que je passe prendre Khaldoun avant, attaque d'emblée Mohammed qui n'a pas d'autre souci que d'organiser sa soirée à venir.

En fait, sa demande est simple : il attend que nous annulions notre rendez-vous de dix-neuf heures pour lui faciliter la vie. On a beau gentiment lui expliquer qu'entre nos clientes régulières et les mariages du week-end, nous n'aurons pas la possibilité de le reporter, peine perdue. Il attend de nous une parfaite obéissance et nous n'avons pas d'autre choix que de le contenter.

— Norma, donne-moi du café.

Cet imbécile ne prend jamais la peine de dire « S'il te plaît ». J'enrage de devoir lui faire des courbettes mais je profite de sa présence pour mettre sur pied la première étape de notre complot. J'attaque directement :

— Vous savez que nous avons beaucoup de travail en ce moment avec le début de la saison des mariages. Alors, on a pensé embaucher une jeune fille, une étudiante pour nous donner un coup de main. Pensez-vous que votre père y verra un inconvénient ? J'en ai parlé au mien et il est d'accord. Nous avons simplement besoin d'une shampouineuse ou d'une femme de ménage quelques heures par jour.

— Il ne devrait pas y avoir de problème. Je

verrai mon père demain et je lui poserai la question. Autre chose ?

— En fait, oui... Il se trouve que nous avons déjà quelqu'un en vue. Une jeune fille agréable, une étudiante d'une vingtaine d'années. Elle peut se libérer suivant nos besoins. Si vous me donnez une réponse demain, je l'appellerai.

— D'accord, je parlerai à mon père ce soir, répond-il en avalant sa dernière gorgée de café.

— Pourquoi as-tu dit à Mohammed qu'on voulait embaucher une shampouineuse ? me demande Dalia, un peu choquée, après le départ de son frère.

— Je prépare le terrain pour l'arrivée de Jehan. Au fait, tu avais raison, c'est sa sœur, lui dis-je, ne sachant pas ce que Michael lui avait raconté.

Un large sourire se dessine sur ses lèvres et tout son corps semble pousser un soupir de soulagement.

— Je m'en doutais. Tu es sûre qu'elle aura le temps de travailler ici ?

— D'après Michael, elle peut jongler avec son emploi du temps et elle tient à vous aider.

Nous voilà désormais quatre dans la conspiration. Le plus important, nous le savons, est de n'omettre aucun détail et de planifier les choses avec la précision et la subtilité d'un agent secret. Pour éviter d'être surprises, il faut avancer étape par étape, méthodiquement. Et en premier lieu, éloigner Mohammed le plus possible.

— Espérons que ton frère va se remettre à sortir un peu, dis-je. Ça me rend folle de le voir traîner ici tous les jours. On devrait lui trouver une activité. Comme ça, il nous débarrassera le plancher plus longtemps.

— À mon avis, il ne faut plus compter sur le pick-up. Il a épuisé toutes les transformations possibles. Que penses-tu d'un cours de sport ? suggère Dalia.

J'essaie de réfléchir à toute allure. C'est une bonne idée mais il faut la préciser. Ça y est, j'ai trouvé. De l'haltérophilie.

— Et si on le poussait à travailler sa musculation ? dis-je aussitôt. On commence par le flatter et on lui explique qu'il sera encore plus beau après. Oh, je le vois d'ici. Il va passer sa vie au club de gym – mon cerveau s'emballe –, on lui achète une carte de membre et on la lui présente comme un cadeau en disant qu'on l'a senti tellement abattu ces derniers temps qu'on a eu envie de l'aider.

— Tu es géniale !

En attendant de mettre au point cette machination, nous revenons à des soucis plus pressants. Mohammed va bientôt revenir. Nous avons à peine le temps d'annuler le rendez-vous de dix-neuf heures et de nettoyer le salon. Prises dans le tourbillon d'excitation qui vient de déferler sur notre vie, nous n'osons pas nous appesantir sur l'aspect pathétique de la situation. Comme il est triste de devoir, en véritables esclaves, contenter les désirs de cet homme tout en le manipulant pour goûter à quelques miettes de liberté.

On est jeudi, jour de sortie des hommes à

Amman. Le vendredi étant un jour de culte pour les musulmans, la plupart des boutiques sont fermées.

— À ton avis, que font-ils toute la nuit ?

Depuis longtemps, cette question me taraude l'esprit.

— D'après Selma, ils se rendent dans des endroits secrets pour voir des femmes danser, me répond Dalia.

— Mais aucune femme n'a le droit de sortir aussi tard !

— Ce ne sont pas des Arabes mais des étrangères !

— Je suis sûre que c'est faux. Tu connais Selma. Avec elle, la moindre petite rumeur prend des proportions insensées. Je suis persuadée qu'ils jouent au backgammon ou aux cartes en fumant leurs *argilas* et en discutant.

— Un soir, j'ai surpris une conversation entre les jumeaux qui se préparaient à sortir. Ils disaient qu'ils allaient manquer une émission appelée « Alerte à Malibu » ou un truc comme ça, que certaines boîtes de nuit diffusent sur des écrans. C'est israélien, je crois. Peut-être regardent-ils les programmes étrangers toute la nuit... ?

À cet instant, on entend le pick-up de Mohammed rugir dans la rue et s'arrêter dans un crissement de pneus devant le salon. Puis le klaxon qui hurle sans discontinuer. Dalia se précipite dehors.

Quelques minutes plus tard, elle réapparaît, fébrile.

— Vite ! Il faut fermer immédiatement et monter en voiture. Mohammed est déjà en retard.

Nous abandonnons notre ménage sans hésiter et courons vers le pick-up. Mohammed est d'une humeur de chien.

— Dépêchez-vous de fermer ces portières, crie-t-il avec impatience alors qu'il démarre en trombe et manque de télescoper un autre véhicule.

Tous les jeudis soir, la plupart des hommes de Amman quittent leur travail en vitesse pour préparer leur sortie du soir. Nos frères ne font pas exception : ils se rendent généralement dans les bars sordides du centre-ville, blottis dans le dédale de ruelles entre les hôtels Cliff et Venecia. Les autres cafés ou boîtes de nuit de la ville se trouvent à l'intérieur des grands établissements tels que le Marriott ou le Hyatt.

La nuit, Amman se transforme en un monde étrange. Lorsque j'avais quatre ou cinq ans, mon père m'emmenait souvent, au crépuscule, acheter du *sahlab* (une boisson traditionnelle faite de lait, de noisette et de cannelle, servie chaude). Pendant que je l'attendais dans la voiture, je scrutais par la vitre le spectacle de la ville envahie par une population masculine. Les artères grouillaient d'hommes de tous âges. Certains, assis aux terrasses des cafés, fumaient des pipes d'eau en buvant du thé à la menthe tandis que les plus âgés s'attroupaient au coin des rues. Les uns étaient vêtus de la traditionnelle longue *dishdashay*, les autres, ceux de ma génération, préférant le « style anglo-saxon », c'est-à-dire chemise, jean ou ou pantalon de costume.

Mais quelle que soit leur tenue vestimentaire, les hommes jordaniens ont le droit de mener la vie qu'ils veulent. Ils peuvent choisir leur profession, décider ou non de se marier – la plupart cependant suivent la volonté paternelle –, s'amuser et sortir quand bon leur semble. Dans une société musulmane, ils sont libres de leur existence dans les limites imposées par la religion.

Mais Dalia est soumise à d'autres lois, des lois musulmanes qui régissent toute sa personne. Son corps gracieux est tout entier recouvert par la *shar'ia*, et ses cheveux dissimulés sous un voile. C'est à l'âge de dix ans qu'une fille devient adulte, et cette tradition des femmes enfants est presque aussi vieille que le prophète Mohammed lui-même. Doit-on rappeler qu'une des épouses du fondateur de l'Islam n'avait que six ans et à peine neuf au moment de la consommation du mariage ?

Quand j'ai rencontré Dalia, elle n'était pas encore soumise à ces règles et à ces coutumes et nous nous sommes rapprochées en toute innocence, comme deux sœurs. Étant toutes deux filles uniques, sa famille a accepté notre amitié, sans se douter bien sûr qu'elle serait aussi forte et durable. À l'âge de dix ans, nous avons trouvé ensemble le moyen de contourner certaines traditions et d'échapper temporairement à certaines. Car bien que chrétienne, je devais moi aussi obéir à certaines règles qui rejoignaient parfois les siennes. Les années passant, nous avons appris à naviguer entre les écueils imposés par la religion. Écueils que nous détestions. Mais nous avons survécu. Jusqu'à l'arrivée de Michael... C'est là que nous avons pris conscience de ce que notre culture nous imposait. Alors, nous avons découvert l'humiliation de se soumettre comme deux esclaves à l'omnipotence de nos frères, si médiocres soient-ils. Nous avons appris le subterfuge et la manipulation, nos seules armes pour connaître un peu de liberté. Nous avons appréhendé les limites de nos vies. Comment avions-nous supporté de vivre enfermées dans les frontières d'un petit salon de beauté dominé par les ragots, alors qu'une existence plus riche nous attendait ailleurs ? Comment avons-nous pu risquer nos vies simplement pour une histoire d'amour ? Ce n'est qu'aujourd'hui, six ans après le début de cette dangereuse aventure, et des années passées à goûter à la liberté, à voyager par-delà les océans, les continents et les cultures que je comprends à quel point notre attitude d'alors est incompréhensible pour les femmes des pays libres. Aussi incompréhensible que la violence perpétrée contre les non-musulmans et les non-Arabes, le 11 septembre 2001. Depuis ce jour, les Occidentaux cherchent fiévreusement à comprendre ce monde étranger. Ils dévorent des essais, écoutent les experts à la télévision. Ils en apprendraient tellement plus en vivant une seule journée à Amman, dans notre quartier et dans notre salon, en endossant quelques heures notre peau de Jordaniennes. Ils comprendraient les influences qui ont écrit l'histoire de mon pays et de nos familles. Ils verraient à quel point la vie ordinaire de gens ordinaires, comme Dalia, mes frères ou moi, est assujettie à des lois immuables.

Car Mohammed n'est pas tellement plus libre en portant un jean ou en allant dans un bar. Les hommes et les femmes de Jordanie et du Moyen-Orient dépendent tous des milliers de règles inextricablement issues de diverses traditions musulmanes, arabes, chrétiennes et juives. Le tout dominé par le pouvoir persuasif du Coran, le manifeste et livre saint de l'Islam. La seule différence, c'est qu'un homme est pardonné quand il enfreint ces règles. Les interdits visant les femmes sont difficiles à quantifier parce qu'ils augmentent constamment et qu'ils sont imposés à la fois par les juristes et les membres masculins de leur famille. Quoi qu'il en soit, les femmes n'ont pas droit au pardon. En cas d'infraction, elles doivent être punies.

7

La violence fait partie de nos lois et de notre histoire. Elle s'applique aux guerriers lors des batailles, aux ennemis de l'Islam, aux musulmans qui tentent d'y échapper, et par-dessus tout aux femmes. Le crime d'honneur, ou meurtre légalisé des femmes, prend sa source dans ce passage du Coran :

« *Les hommes sont supérieurs aux femmes à cause des qualités par lesquelles Allah a élevé ceux-là au-dessus de celles-ci et parce que les hommes emploient leurs biens pour doter les femmes. Les femmes vertueuses sont obéissantes et soumises ; elles conservent soigneusement pendant l'absence de leurs maris ce que Allah a ordonné de garder intact. Vous réprimanderez celles dont vous aurez à craindre l'inobéissance, vous les reléguerez dans des lits à part, vous les battrez*[1]. »

Dans le texte arabe, les derniers mots de ce verset, « vous les battrez », sont souvent interprétés dans

---

1. Verset 38, Sourate 4, *le Coran*, GF. Flammarion, traduction, Kasimirski, 1970.

le sens de « vous les tuerez ». Les Arabes pensent que cette phrase leur ordonne « d'éliminer » les femmes de leur famille désobéissantes ou rebelles. Cet acte s'appelle « crime d'honneur » car il vise pour les hommes à laver une offense afin de protéger leur nom et leur réputation. La presse parle rarement de ce genre de meurtre qui est tenu à l'écart du système judiciaire, mais il est fréquent, même de nos jours.

Comme la plupart des pays arabes vivent sous domination de l'Islam depuis 644 après J.-C., le crime d'honneur est totalement intégré à la culture locale et pratiqué à la fois par les chrétiens et les musulmans. Chez nous, la réputation d'une famille entière dépend de celle de ses membres féminins. C'est cette obsession de l'honneur qui pousse Mohammed à nous surveiller comme un gardien de prison. C'est ce qui l'autoriserait, lui, un de ses frères ou son père, à nous plonger littéralement un poignard dans le cœur au moindre soupçon de trahison.

Depuis que les disciples de Mahomet ont pris La Mecque par la force au nom du premier *jihad*, l'histoire de l'Islam n'est qu'une suite de guerres et de batailles sanglantes. Je ne trouve pas surprenant qu'une religion fondée par des guerriers brutaux et marquée par des siècles d'effusion de sang, avalise la violence en l'enveloppant dans la dignité, « l'honneur » et la loi, sans aucun scrupule.

On peut affirmer, je crois, que l'Islam s'apparente à un régime totalitaire sous le couvert de la religion. Le Coran est son manifeste. Il prétend guider les hommes vers la perfection spirituelle et physique. Il leur explique quand et comment avoir des relations sexuelles, quand et comment s'en abstenir, les biens à posséder, ceux dont il faut se débarrasser. Mais également quand dormir et quand se réveiller, quand parler et quand se taire ; comment et quand se nourrir, les vêtements qu'il faut porter et comment s'instruire. Il délivre aux musulmans la méthode pour vivre en harmonie avec le monde qui les entoure ; souligne les responsabilités de tout homme envers lui-même, envers ses parents, ses frères et sœurs, sa descendance, ses épouses, ses voisins, la société et la nation ; et détaille quelles sont les habitudes à pratiquer et celles à éviter. En résumé, l'Islam propose une série de lois et de restrictions qui couvrent tous les domaines de la vie et vous contrôle de la naissance à la mort.

Lorsque vous êtes né musulman, il n'y a aucune échappatoire. Il est contraire à la loi musulmane de se convertir à une autre religion. Et une telle conversion est punissable de mort.

L'Islam comprend six règles de base quotidiennes : ni les femmes ni les hommes ne peuvent s'y soustraire. La première est un rituel auquel il faut se conformer avant chaque prière : se laver les mains, les bras, les pieds, le cou et se tourner vers La Mecque. Les cinq autres sont appelées « Les Cinq Piliers de l'Islam ». Le *Salat* est un acte de louange et d'adoration qui doit être accompli cinq à six fois par jour. Le *Hajj*, couronnement d'une vie de musulman dévoué, consiste à faire le pèlerinage dans les lieux saints sur le territoire sacré de La Mecque. Il a lieu habituellement le dernier mois de l'année musulmane (*Zuull-Hijja*). Le *Zakat*, ou l'aumône aux pauvres, consiste aujourd'hui en divers impôts qui doivent être payés au fil des années. Et enfin, le *Sawm* – ou jeûne – qui est connu également sous le nom de Ramadan. Il est célébré au cours du neuvième mois du calendrier musulman et commémore la révélation du Coran au prophète Mahomet. Cet exercice, qui teste la discipline humaine, est marqué par la privation de nourriture, de boisson – y compris l'eau – de l'aube au coucher du soleil et l'interdiction de fumer et d'avoir des relations sexuelles. Chez nous, il est contraire à la loi de manger ou de boire à l'extérieur de chez soi durant la journée, quelle que soit votre religion. Enfin, la profession de foi, ou *Shahada*, dogme de base de l'Islam :

« *La illaha illa Allah Mohammed Rasul Allah* »
(Allah est le seul dieu et Mahomet est son prophète)

La Jordanie étant une nation musulmane, il n'est pas surprenant que ma famille, bien que catholique, respecte les lois du pays. Les habitants chrétiens et juifs sont considérés comme *dhimmah* (une minorité protégée). Nous ne sommes pas réellement des ennemis mais des citoyens de seconde zone strictement surveillés. Ce statut n'est pas gratuit : selon la loi islamique, les non-musulmans doivent remplir cinq conditions. Tout d'abord, payer la *jizyah*, un impôt local garant de leurs droits. Puis, s'engager à ne pas blesser un musulman, à refuser toute relation sexuelle avec des femmes musulmanes, à ne pas voler leurs biens ni coopérer avec les ennemis de l'Islam. La liste n'est pas exhaustive. Les non-musulmans ne doivent ni s'enivrer, ni pratiquer l'adultère ou l'inceste et ne sont pas autorisés à construire de nouvelles églises ou des temples ni à faire sonner les cloches de leurs édifices religieux. Il nous est interdit de construire un bâtiment plus élevé que celui d'un musulman, afin de lui épargner la honte. Si nous enfreignons ces prescriptions, la punition peut être violente. Nous sommes alors considérés comme *muharib* (hostiles), et cela peut justifier contre nous une déclaration de *jihad* (guerre sainte).

Il est demandé à chaque musulman de combattre chaque non-musulman supposé réfractaire à la loi et de prendre l'épée jusqu'à ce qu'il abjure sa propre foi ou déclare « Je conserve ma religion mais m'engage publiquement à suivre les lois de l'Islam ». S'il accepte de capituler, le non-musulman retrouve son statut de *dhimmah* et la sécurité. Mais s'il refuse, il s'expose à être « éliminé du monde musulman » dont l'obligation est de préserver la société islamique et l'intégrité de sa foi.

Le Coran ne ressemble pas aux autres textes sacrés, hormis le fait qu'il mentionne l'existence des premiers prophètes de la Bible et de la Torah. Pour les musulmans, il est la transcription exacte des paroles de Dieu révélées au prophète Mahomet au début du VIIe siècle. Ce dernier est né en 570 après J.-C à La Mecque (Arabie saoudite actuelle) et a eu sa première révélation en 610. Forcé de quitter la ville sous la pression de puissantes familles qui s'estiment offensées par ses déclarations, il s'installe dans une cité voisine en 622. Cette émigration, ou *Hejiri*, marque le début du calendrier islamique. Après la prise de La Mecque en 630, il étend son pouvoir. En

644, les musulmans ont conquis la Jordanie, l'Égypte, la Syrie, l'Irak, le Liban et Israël et commencent à se propager en Afrique du Nord, en Espagne et en France. Je reconnais que le sang a souvent coulé au nom du christianisme, mais l'Islam n'est qu'une succession ininterrompue de guerres et de violences.

Le code musulman est divisé en deux parties : la première, le *Ibadat* (Intention d'intimité avec Allah) est exigée de tous les musulmans. Elle comprend le pèlerinage à La Mecque, la prière, le jeûne, la charité aux pauvres, les bonnes actions, l'opposition au diable et enfin, le *jihad*. Une fois de plus, les appels à la violence et à la guerre y sont évidents. Il est stipulé que si un homme prend le glaive pour combattre les non-croyants avec une « intention divine », il devient *shuhada* (un modèle) pour toute la communauté et sera récompensé par Dieu. Pour les musulmans, l'Islam est la seule vraie religion parce qu'elle ne méprise pas la nécessité de faire la guerre.

La seconde partie du code islamique qui s'appelle le *mu' amilat*, se concentre sur tous les aspects de la vie quotidienne et les relations humaines. Elle vous explique comment payer un *mujtahid* (juriste de sexe mâle équivalent au juge), quelle eau (du robinet, de pluie ou du puits) doit être utilisée pour la consommation personnelle, la cuisine ou la toilette ; les savons autorisés et ceux qui sont interdits. Et même comment et quand aller aux toilettes, sans compter la meilleure façon de se laver aussitôt après. Le *mu' amilat* liste les actes ou objets dits *najis* (sales, diaboliques) et explique comment les rendre *pak* (acceptables et propres). C'est cet article de loi qui stipule qu'un non-musulman est *najis* et donc doit être évité. Lorsque le croyant y est contraint (par exemple, s'il est obligé de serrer la main d'un non-musulman pour des raisons professionnelles) il peut trouver dans le code les étapes à suivre pour laver cette souillure diabolique.

Bien sûr, aucun fait et geste des femmes n'échappe au contrôle du *mu' amilat* : il détaille les règles concernant le mariage, le divorce, la sexualité, le sommeil, la nourriture, la mort, les enterrements, les transactions bancaires et l'achat ou la vente de biens et d'effets personnels. Et déclare naturellement que les hommes sont supérieurs aux femmes.

Si le code musulman ne fait aucune distinction entre les musulmanes et les autres, ce n'est pas le cas des lois jordaniennes. Ces dernières stipulent, par exemple, qu'une non-musulmane doit se vêtir de façon classique et décente en évitant les vêtements trop près du corps. Quant aux musulmanes, elles doivent se soumettre à cette loi beaucoup plus stricte :

« *La femme doit dissimuler son corps et ses cheveux en présence d'un non-mahram (homme qui ne lui est pas apparenté) et par prudence a obligation de se cacher d'un non-baligh (jeune garçon) même si ce dernier est capable de faire la distinction entre le bien et le mal. Il pourrait être excité sexuellement. Par contre, elle peut se présenter visage et mains nus (jusqu'aux poignets) devant un non-mahram tant que cela n'entraîne pas de regard concupiscent et diabolique de la part de ce der-*

nier. Et que cela ne la pousse pas à commettre d'acte interdit. Sinon, dans ces deux cas, elle doit se couvrir. »

C'est de ce texte qu'est née la *shar'ia*, la longue robe fluide traditionnelle qui dissimule le corps de Dalia. Elle peut être portée seule ou sur un vêtement et doit être d'une couleur autorisée par l'Islam (les teintes vives sont interdites). Elle a de longues manches, un col haut et généralement descend en dessous des chevilles. J'ai presque toujours vu mon amie vêtue de cette façon alors que je portais des jupes – modestes – et des pantalons. Et tandis que je pouvais laisser mes cheveux détachés dans la rue, elle recouvrait les siens du fameux voile. Ce n'est qu'une fois dans le salon qu'elle l'ôtait pour le remplacer par un modèle plus petit et moins enveloppant.

Si les jeunes chrétiennes sont autorisées à se maquiller avec l'autorisation de leur père, les musulmanes n'y ont droit que sous certaines conditions. En effet, la loi stipule qu'une femme ne peut se farder que pour le plaisir de son mari, en présence d'autres membres féminins ou des hommes de sa famille qu'elle ne peut épouser, c'est-à-dire un père, un frère ou un fils. Dalia et moi nous amusions souvent à essayer du maquillage l'une sur l'autre et nos pères fermaient les yeux tant que nous restions à la maison et que nous l'ôtions pour sortir dans la rue.

De la même façon, le vernis à ongles n'est pas *haram* (interdit) sauf pendant le *wudhu* (préparation à la prière) où il risque de gêner la purification des ongles.

Les vraies disparités entre la culture islamique et

chrétienne ne sont pas vraiment visibles en public. Elles apparaissent surtout dans l'intimité des foyers. Les repas se déroulaient différemment chez Dalia et chez moi. Elle n'était jamais autorisée à manger avec et en même temps que ses frères et son père et en présence de visiteurs, elle prenait ses repas dans une pièce séparée avec les autres femmes et les jeunes enfants. Chez moi, le cérémonial était plus simple : nous mangions tous ensemble, mais les femmes devaient servir les hommes et n'avaient l'autorisation de commencer leur repas qu'après le chef de famille.

Dans la maison de Dalia, certaines pièces étaient exclusivement réservées aux hommes. Elle n'avait le droit d'y pénétrer qu'en leur absence et seulement pour les nettoyer. Elle devait se lever, au même titre que tout le monde, avant le lever du soleil pour faire les prières du matin, chez moi, ce genre de tradition n'existait pas.

À nos yeux, ces différences n'étaient pas très importantes, et nous n'avions pas vraiment conscience du fossé profond entre nos deux communautés. Fossé qui provient d'un préjugé fortement ancré au cœur de la religion musulmane et qui tire sa source du Coran. Car même si le texte sacré ne dicte pas explicitement aux musulmans d'éviter la fréquentation des chrétiens, il leur donne le nom d'« infidèles » ou de « non-croyants. » De nombreux versets affirment la supériorité de l'Islam sur le judaïsme et le christianisme et recommandent aux fidèles d'éviter toute relation personnelle avec les membres de ces religions :

« *Ô croyants ! ne prenez point d'amis parmi les infidèles plutôt que parmi les croyants...* [1] »

« *Ils ont voulu vous rendre infidèles comme eux, afin que vous soyez tous égaux. Ne formez point de liaisons avec eux jusqu'à ce qu'ils aient quitté leur pays pour la cause d'Allah. S'ils retournaient à l'infidélité, saisissez-les et mettez-les à mort partout où vous les trouverez. Ne cherchez parmi eux ni protection ni ami*[2]. »

La règle selon laquelle il est interdit d'abjurer l'Islam et de se convertir à une autre religion sous peine de mort prend sa source dans ce verset :

« *Les croyants combattent au nom d'Allah et les infidèles au nom de Satan, combattez donc les suppôts de Satan*[3]. »

Dans ce passage, nous (tous les incroyants) sommes surnommés « amis de Satan ». Si Dalia et sa famille avaient strictement honoré cette règle, nous n'aurions jamais été amies.

Le sectarisme, la discrimination et le machisme ne sont pas seulement sous-entendus dans l'Islam, ils sont partie intégrante de la loi musulmane. Cette religion satisfait les désirs des hommes et exige la totale soumission des femmes. Les relations entre les deux sexes sont gouvernées par des règles strictes. Tout d'abord, il est impossible à un garçon et à une

---

1. Verset 38, Sourate 4, *le Coran, op. cit.*.
2. Verset 143, Sourate IV.
3. Verset 91, Sourate IV.

fille de sortir ensemble. Même si ce n'est pas spécifiquement interdit, les lois coraniques imposent tellement de règles à respecter que cela revient au même. Par exemple, il est *haram* (défendu) pour un homme et une femme qui ne sont pas *mahram* (apparentés) de se retrouver sans la présence d'un tiers. Au fil des années, cette loi a pris de l'ampleur : une femme n'a pas le droit d'être seule avec un homme qui n'appartient pas à sa famille, et doit toujours être accompagnée par un parent de sexe mâle. C'est pour cette raison qu'on voit rarement de femme se promener seule en ville, surtout le soir. Celles que l'on peut rencontrer dans les rues d'Amman sont généralement des touristes ou des filles appartenant à des familles chrétiennes plus progressistes. Ces dernières ne sont pas légion, et la mienne n'en fait absolument pas partie.

Mais même si Dalia et Michael étaient parvenus à surmonter ces difficultés, les vieux préjugés qui encombrent les lois concernant le mariage les auraient rattrapés. Contrairement aux rencontres spontanées qui naissent dans les pays occidentaux, nous vivons encore dans l'ancienne pratique des mariages arrangés, dont les lois sont très claires :

« *Si l'homme qui fait une proposition de mariage est connu pour sa vertu et sa foi, alors il est recommandé de l'accepter. Le prophète a dit : "Si l'homme qui demande la main de votre fille est vertueux et d'une grande piété, alors donnez-lui sa main. Car si vous ne le faites pas, la terre se remplira de scandales."* »

Ces unions, temporaires ou définitives, ne peuvent être conclues que par le père ou le grand-père. La majorité des Arabes, bien au-delà des seuls musulmans, suit cette tradition. Et même si certaines familles prétendent laisser le choix de son partenaire à leur fille, ce n'est pas vrai. Car, en réalité, elles s'arrangent souvent pour évoquer le verset du Coran qui stipule que les enfants doivent craindre leurs parents au même titre qu'un roi cruel et qu'ils doivent dans tous les cas faire passer le désir de leurs géniteurs avant les leurs.

Les lois jordaniennes concernant le mariage constituaient un véritable champ de mines pour Dalia et Michael, puisqu'une femme musulmane ne peut épouser un membre d'une autre religion. L'inverse n'est pas vrai. L'homme de confession islamique, lui, est autorisé à épouser une *Ahlul Kitab* (une juive ou une chrétienne). Une différence de traitement qui s'appuie sur les enfants à naître : pour les musulmans, ces derniers appartiennent à l'homme puisqu'ils portent son nom. Si la mère est une *Ahlul Kitab*, ils restent malgré tout musulmans mais il est impossible d'imaginer qu'ils puissent avoir un père d'une autre confession. D'où l'interdiction pour une fille de se marier avec un « infidèle ». Une fois l'union conclue, la femme est soumise à ses stricts devoirs d'épouse et de mère. Elle n'a pas le droit de sortir de la maison sans la permission de son époux. Elle doit se soumettre à ses désirs sexuels et ne peut s'y soustraire qu'avec une excuse justifiée. Aussi longtemps qu'elle remplit ses obligations, elle est entièrement à la charge de son mari qui doit la nourrir, la vêtir, et la loger. Cependant, la loi dit : « Si une épouse ne remplit pas ses devoirs matrimoniaux, elle ne peut plus prétendre à être logée, blanchie et nourrie même si elle continue de vivre avec son époux. »

Au final, les femmes sont les éternelles perdantes. Comme la plupart des musulmanes ne peuvent pas travailler, elles sont dans l'incapacité de pourvoir à leurs propres besoins. Et pour les satisfaire, elles sont obligées de se soumettre aux ordres de leur mari. En un mot, pour survivre, une femme doit obéir.

Et c'est dans cette atmosphère étouffante, régie par des lois rétrogrades, qu'un amour fragile et violent tentait de prendre son envol et de lutter contre la force de l'Islam dans les coulisses d'un petit salon de coiffure de Amman.

8

Jehan a commencé à venir travailler au salon le 23e jour du sixième mois, appelé *Huzayran* (juin) selon le calendrier islamique. Le premier semestre de cours à l'université étant terminé, elle était désormais en vacances. À cette époque de l'année, la Jordanie est presque une fournaise. Il fait déjà plus de trente et un degrés, parfois quarante, et le manque d'air se fait cruellement sentir. Avec une pluviométrie annuelle ne dépassant pas au grand maximum les 200 millimètres, la terre jordanienne est aride et l'on voit déjà les arbustes de la vallée Wadi as-Seer, près d'Amman, se ratatiner sous les assauts du soleil. Dans les rues et le long des routes, des marchands ambulants vendent des petits pois tendres, à la cosse ou au kilo, qu'ils font griller en plein air sur d'immenses plaques.

Juin est aussi la saison des mariages, et le salon ne désemplit pas. Depuis cinq ans, Dalia et moi avons choisi à cette période de mettre entre parenthèses nos clientes régulières pour nous consacrer aux futures mariées qui font appel à nous.

Les mariages arabes sont toujours très colorés et

bruyants. La veille de la cérémonie, les hommes défilent en chantant et en dansant dans les rues, en voiture ou à pied. De leur côté, les femmes qui ont revêtu leurs plus beaux atours se réunissent chez la fiancée pour faire la fête toute la nuit.

Ce soir-là, elles ôtent leur voile puisqu'elles sont entre elles. C'est l'un des rares moments de leur vie où elles goûtent à un peu de liberté. Le jour de la noce, les hommes se rendent en procession bruyante jusqu'au domicile de la fiancée pour l'escorter à la mosquée ou à l'église. C'est le seul point commun entre les mariages chrétiens et musulmans. Car chez ces derniers, les hommes et les femmes sont séparés au cours de la réception. Le marié a l'autorisation d'aller danser une seule fois avec son épouse. Après quoi, il doit retourner dans la pièce réservée à la gent masculine.

Le matin de la cérémonie, Dalia et moi sommes souvent débordées car il nous faut coiffer et maquiller non seulement la fiancée mais des dizaines de demoiselles d'honneur en l'espace de trois ou quatre heures. La plupart des femmes viennent au salon mais il arrive que certaines préfèrent qu'on se rende à domicile. Avec un tel emploi du temps, l'arrivée de Jehan est une vraie bénédiction et ne donne lieu à aucun soupçon.

Mais le plus dur reste à faire. Pour réussir la seconde partie de notre plan, il faut trouver un moyen d'éloigner Mohammed le plus possible de chez N&D. Pendant plusieurs semaines, nous échafaudons des scénarios, modifiant ici ou là quelques détails, avant de les abandonner parce que trop dangereux. Finalement, nous revenons à notre première idée : convaincre Mohammed de suivre les cours d'haltérophilie chez Sports City, une salle de gym, située opportunément entre le salon et nos domiciles. Par l'intermédiaire de Jehan, Michael nous fait passer des livres et des magazines spécialisés que nous éparpillons un peu partout dans la boutique, dans l'espoir que le frère de Dalia les remarque. Le jour où nous le surprenons en train de les feuilleter, nous lançons aussitôt la troisième étape qui consiste à parler en sa présence des bienfaits du sport en général et de l'haltérophilie en particulier. Au bout d'une semaine, il commence à nous poser des questions : l'appât a fonctionné. Il ne nous reste plus qu'à le pousser gentiment à essayer par lui-même avec des phrases du genre « Quelle chance vous avez de pouvoir pratiquer ce sport si vous en avez envie », « Quel dommage que nous ne puissions posséder des haltères », etc.

La quatrième partie du plan peut commencer : le lendemain matin, nous téléphonons à Sports City pour l'inscrire au cours d'haltérophilie. Il est convenu avec Jehan que Michael ira régler l'abonnement et chercher la carte de membre dans la soirée. Carte que nous emballerons avec les livres et les revues. Si vous aviez vu l'excitation et la joie de Mohammed quand il a ouvert son paquet-cadeau ! Notre plan se déroule à merveille. Maintenant que notre chien de garde passe ses journées au club de gym, nous sommes libres de trouver un moyen pour Dalia de communiquer avec Michael, et surtout de le voir.

Cette première victoire est presque enivrante, malgré son arrière-goût amer : dans un pays libre, nous n'aurions pas eu besoin de descendre aussi bas dans la manipulation. Mais nous n'avons pas eu le choix de la stratégie.

Par l'intermédiaire de Jehan, Dalia et Michael se téléphonent et s'écrivent des lettres. Les premiers jours, leurs mots sont pudiques, brefs. Mais bientôt les phrases du genre « Je viens de vous rencontrer et je ne souhaite pas trop me révéler » deviennent des romans-fleuves. « Je couche mon cœur et mon âme sur ce papier », s'écrivent-ils, fascinés par la découverte l'un de l'autre. Je suis persuadée que si cette amitié avait duré, ils auraient fini par se connaître bien mieux que la plupart des couples jordaniens après quarante ans de vie commune.

Parallèlement, Jehan devient très vite une excellente amie. Nous avons beaucoup de choses en commun et nous adorons son aisance, sa gaieté, ses bavardages. Pour la première fois de notre vie, nous avons rencontré une jeune fille qui partage entièrement nos convictions, nos espoirs et notre dégoût pour la condition des femmes dans ce pays. Mais, pour l'instant, Mohammed ne lui fait pas assez confiance pour nous laisser sortir seules du salon en sa compagnie. Dalia en est réduite à survivre grâce à des lettres et à des coups de fil sporadiques.

L'été se déroule comme dans un rêve. Tout le monde est satisfait de la situation. Mohammed, qui vit sa nouvelle passion dans un état proche de l'extase, n'en finit pas de rencontrer de nouveaux amis avec lesquels il disparaît du matin jusqu'à l'heure de la sieste. Dalia savoure chacune de ses communications avec Michael, et moi j'ai trouvé une véritable amie, presque une sœur, en la personne de Jehan. Mais nous savons que cela ne durera pas. Dans quelques temps, Jehan va devoir retourner à l'école et ne pourra plus faire transiter les lettres aussi souvent. Il faudra trouver une autre solution les jours où elle sera absente. Dalia et moi sommes confiantes et la tentation d'aller plus loin nous tenaille déjà. Écrire et téléphoner ne suffit plus, il faut trouver le moyen de demander à Mohammed de nous conduire chez elle. Nous n'ignorons pas que ce plan est dangereux mais curieusement, nous ne nous l'avouons pas à voix haute, comme si formuler nos craintes nous mettrait en danger. En réalité, chacune de nous mesure le gouffre qui s'étend à nos pieds.

9

Bientôt, une obsession s'empare de nous : sortir de notre prison quotidienne et rencontrer Michael en chair et en os. Le vendredi, journée sainte à Amman, nous paraît le jour idéal. Notre première idée est d'ouvrir le salon l'après-midi afin de quitter la maison. Devant le refus de nos pères, nous optons pour le soir. Dalia et moi l'avons toujours passé ensemble, chez elle ou chez moi. Le plus difficile reste donc de trouver une excuse pour sortir. Mais pour aller où ? Mohammed ne nous accompagnera pas les yeux fermés dans n'importe quel endroit... Je me rappelle soudain que la saison de football va bientôt commencer. C'est le sport le plus populaire de Jordanie et la plupart des hommes regardent religieusement les matchs à la télévision tous les vendredis soir de septembre à mars. Mohammed a déjà décidé d'arrêter l'haltérophilie afin de ne pas en manquer un seul. Les chances qu'il accepte – lui ou un de ses frères – de nous conduire quelque part ce jour-là sont quasiment nulles.

Nous sommes jeudi soir. Je sens l'arôme des biscuits *Mahalabiyya*, une pâtisserie à base de farine de riz, de sucre, de lait, d'eau de rose, couronnée d'une amande ou de pignons de pins, monter jusque dans ma chambre où Dalia et moi discutons fébrilement de notre futur plan. Depuis des années, nous avons le droit toutes les semaines de faire le *sihra*. À cette occasion, nous sommes dispensées du couvre-feu et autorisées à veiller tard.

Pendant que les biscuits cuisent, nous avons fait du thé et nous nous sommes enfermées, avec de la musique en fond sonore, pour trouver une solution. Quelques jours plus tôt, nous avons trouvé l'excuse idéale qui nous permettrait de sortir tous les vendredis après-midi : un cours de formation. Mais dans quel domaine ? Après de longues heures de réflexion, nous avons songé à des leçons d'informatique. L'idée est séduisante. Mais il reste à convaincre nos pères.

— Mon père n'acceptera que si on y va ensemble, dis-je d'entrée de jeu.

— Il va au moins y réfléchir. Ce n'est pas le cas du mien.

— Et si on demandait à un de tes frères d'intercéder en notre faveur ? Je suis sûre que ton père l'écoutera. Le mieux, c'est de lui faire croire que papa est d'accord et vice versa. C'est la seule solution.

— Tu crois vraiment ? Et s'ils se téléphonent et s'aperçoivent qu'on leur a menti ?

— Il n'y a aucun risque. Si ton frère Suhal accepte de jouer le rôle d'émissaire, ton père n'ira pas chercher plus loin.

Je vois bien que Dalia n'est pas rassurée. J'ai beau la convaincre qu'on peut modifier certains détails mais que l'idée reste bonne, elle a l'air scep-

tique. Après plusieurs heures de tergiversations, elle finit par me dire :

— Il vaut mieux que tu y ailles toute seule.

— Ça ne réglera pas le problème. Tu as envie de voir Michael et Jehan, oui ou non ?

— Bien sûr.

Nous décidons alors de téléphoner dès le lundi à quelques écoles d'informatique pour prendre des renseignements puis de parler à Suhal. Le mieux serait de l'attirer au salon après sa journée de travail...

— Tu crois vraiment que c'est faisable ? demande Dalia.

— On a déjà réussi à les convaincre qu'on avait besoin d'un ordinateur pour le salon, alors on devrait être capable de les faire céder sur les cours d'informatique. Ils n'arrêtent pas de nous dire qu'on a jeté l'argent par les fenêtres en achetant ce matériel dont on ne se sert pas.

— J'espère que ça va marcher.

Dalia est visiblement inquiète.

— Ne panique pas ! Allez, mangeons quelques *mahalabiyya* avant que mes frères se jettent dessus comme des goinfres.

Le lundi matin, Dalia passe me prendre comme d'habitude. Le mois de septembre à Amman est un curieux mélange d'hiver et d'été. De brusques rafales de vent, vestiges des nuits froides du désert, nous réveillent le matin mais pendant la journée, les températures grimpent à un niveau presque estival. On dirait que les deux saisons se disputent au milieu de

la nuit et que l'une cède peu à peu devant l'autre, l'aube venue. Au fil des jours, le thermomètre baisse insidieusement mais il fait beau et encore chaud, au moins jusqu'à la fin octobre.

En route, nous achetons deux journaux et notons les différentes écoles d'informatique situées dans le quartier d'Abdoun où vivent Michael et Jehan. Comme nous n'avons pas de rendez-vous avant dix heures et demie, cela va nous laisser le temps de passer quelques coups de fil. À peine arrivées au salon, nous fonçons dans la salle de repos. Je verrouille la porte et éteins les lumières du magasin pour ne pas être dérangées. Puis je m'enquiers auprès de Dalia :

— A-t-on assez d'argent de côté pour payer les cours ?

Dalia fait office de comptable, elle est plus douée pour les chiffres que moi.

— Lorsque j'ai fait un dépôt à la banque la semaine dernière, il nous restait environ 7 253 dinars sur le compte. Cela devrait suffire, m'assure-t-elle.

— Bon, il faut se dépêcher de téléphoner. On n'a pas de temps à perdre.

— Pas de panique, *ya butbouta*, on n'est pas pressées. Bois ton café et fume une cigarette, ça va te calmer, dit-elle en me lançant son paquet.

Butbouta signifie littéralement le canard, mais en argot, ça veut dire hyperactif dans le bon sens du terme. Ce que je suis, je le reconnais, mais jamais nous n'avons à ce point enfreint les règles, ni pris autant de risques.

— Je suis très nerveuse, pas toi ? dis-je. C'est

un plan parfait. Personne ne devinera jamais ce que nous complotons et tu pourras voir Michael. On apprendra même l'informatique au passage.

— Je refuse d'être trop optimiste pour l'instant. Je serai trop déçue si ça ne marche pas, réplique Dalia, la plus pragmatique de nous deux.

Non pas qu'elle soit hermétique aux coups de tête et aux rêves, mais elle est plus méthodique dans sa façon de les mettre en œuvre et cache mieux ses émotions. Elle est comme une ancre qui m'aide à garder les pieds sur terre. Durant toute cette période, j'ai été seule à remarquer les changements qui s'opéraient en elle mais cela m'était facile puisque j'étais seule à connaître tous ses secrets.

Je cours jusqu'au comptoir, la liste des numéros de téléphone serrée dans ma main.

De nombreuses écoles à Shmeisani offrent des cours pour débutants en début de soirée le vendredi. Parfait ! Nos frères seront devant leur télévision pendant que nous serons censées être en cours. De plus, les prix sont moins élevés que prévu : cela ne nous ruinera pas. Maintenant, nous n'avons plus que quelques obstacles à franchir. D'abord, attirer Suhal au salon et en faire notre avocat. Dalia l'appelle et lui demande de passer nous voir, prétextant avoir besoin d'un conseil. En faisant appel à son sens du devoir et à son rôle de frère aîné, nous sommes sûres qu'il acceptera.

À cet instant, une mère énervée flanquée d'un enfant pleurnichard et capricieux arrive pour une coupe, et notre journée de travail commence officiellement. Toute la matinée, nous travaillons côte à côte, sans vraiment nous parler, nous contentant de répondre aux questions des clientes. Notre esprit est accaparé par le discours que nous devons tenir à Suhal. Il faut lui donner le moins de détails possibles. Moins nos familles en sauront, moins nous prendrons de risques. Il faut éviter qu'elles téléphonent à l'école pour vérifier certaines informations. Le gage de notre réussite passe par un savant mélange de concentration, de prudence et d'audace.

Vers deux heures, notre cerveau bouillonne et nous sommes littéralement affamées. En hâte, nous verrouillons les portes et courons dans l'arrière-salle nous restaurer. Pendant que notre plat de *maqlubeh* (du riz cuit à la vapeur parsemé d'aubergines, de viande, de tomates et de pignons grillés) réchauffe au micro-ondes, nous répétons en boucle la saynète que nous allons jouer à Suhal.

Au bout d'une demi-heure, Dalia jette l'éponge.

— Norma, s'il te plaît, arrêtons de parler de ça, coupe-t-elle brusquement. Ça me rend nerveuse. Si je continue à y penser, je vais tout faire rater. Essayons de déjeuner en paix.

Nous terminons notre repas en silence, effrayées par ce que nous sommes sur le point de faire. C'est la première fois que nous prenons un tel risque et jamais notre complot n'a atteint un tel stade. Lorsque Suhal apparaît à quatre heures et quart, une vague d'effroi nous paralyse.

— *Salem al-laykum* (Que la paix soit sur vous), dit-il en pénétrant dans le salon.

Après les salutations d'usage, il nous suit dans

la salle de repos et s'installe sur le canapé aux côtés de Dalia pendant que je prépare le café.

— Quel est le problème ? lance-t-il d'emblée à sa sœur.

— Comme vous êtes professeur, Suhal, j'ai pensé que vous seriez à même de comprendre ce qui nous préoccupe. Vous savez que nous avons investi dans un ordinateur, n'est-ce pas ? Malheureusement, nous n'arrivons pas à nous en servir correctement. Alors, les parents de Norma ont décidé qu'il serait judicieux pour elle de suivre des cours d'informatique à l'école de Shmeisani. Qu'en pensez-vous ?

— Eh bien... Si sa famille est d'accord, je ne vois pas où est le mal. J'ai toujours pensé que cet achat était inutile mais puisque c'est fait, autant apprendre à l'utiliser.

— C'est aussi mon opinion, reprend Dalia avec circonspection. En fait... voilà... J'aimerais pouvoir l'accompagner aux cours car moi aussi, j'aurais besoin de le faire marcher. Croyez-vous que ce soit raisonnable d'envisager une chose pareille ? Je voulais d'abord connaître votre opinion avant d'ennuyer papa avec ça.

— Quand ont lieu les cours ? Qui accompagnera Norma ? Quand commencent-ils ? s'enquiert-il.

Je prends la balle au bond et, après lui avoir servi une tasse de café, je me joins à la conversation, avec le sentiment de n'avoir jamais aussi bien menti de toute ma vie. J'ai pleinement conscience d'être au point de non-retour. Convaincre Suhal est le premier acte concret de trahison.

— Suhal, je vais vous expliquer ce que je sais, dis-je. Je ne suis pas très au courant car mon père s'est chargé de toutes les démarches. En fait, je ne possède qu'une seule information. Les cours ont lieu les vendredi et samedi après-midi. Je sais que, comme Dalia, je suis soumise au couvre-feu mais je suppose que mon père l'a pris en compte. Un de mes frères nous conduira à l'école et viendra nous rechercher. Il n'y a que dans la salle d'étude que nous serons seules mais je suis certaine que mon père m'a inscrite dans une classe de filles. Il s'est engagé à payer les frais. Cela dit, je crois qu'il est utile que Dalia sache également se servir de l'ordinateur. Elle pourra y entrer toutes les informations clientèle. Mon père estime qu'il est dommage de laisser dormir cet investissement.

Suhal, qui prend son rôle de surveillant très au sérieux, semble peser le pour et le contre.

— En ce qui me concerne, il n'y a pas de problème pour que Dalia assiste aux cours avec toi et je ferai tout mon possible pour convaincre mon père. Je lui parlerai ce soir. Pour le rassurer, je lui proposerai de vous accompagner moi-même vendredi pour vous inscrire. Il sera sûrement d'accord.

— Merci Suhal. Merci beaucoup. Je savais que vous comprendriez et j'apprécie beaucoup que vous acceptiez de parler à papa en mon nom, renchérit Dalia.

Cette nuit-là, aucune de nous ne dort vraiment. À chaque sonnerie de téléphone, je bondis de mon lit, persuadée que c'est le père de Dalia qui appelle pour vérifier les informations de Suhal. Je songe aux dernières paroles prononcées par Dalia, ce soir en quittant le salon.

— Et de un, a-t-elle murmuré. Es-tu sûre de pouvoir convaincre ton père ? Si on faisait une autre prière.

Cette supercherie me fait horreur et je déteste l'idée de devoir la poursuivre le lendemain matin. Mon seul réconfort, c'est de savoir que Dalia se débat avec les mêmes sentiments.

Mon père pénètre dans la cuisine aux premières heures de l'aube comme à son habitude. Je lui sers son café et commence à préparer le terrain avant l'arrivée de ma « complice ».

— Papa ! Dalia et moi avons quelque chose à vous demander. Aurez-vous une minute à nous accorder ce matin ?

— Bien sûr, vous me trouverez dans la véranda. Apporte mon petit déjeuner là-bas, dit-il en quittant la pièce.

Une fois Dalia arrivée, je m'enferme avec elle dans ma chambre et nous passons en revue une dernière fois les détails de notre plan. Nos craintes finissent par s'évanouir, et mon père accepte de m'inscrire aux cours.

Il ne reste qu'un dernier problème à régler. Pour écarter tout risque, il faut absolument se rendre au cours sans escorte. La solution est toute trouvée : Dalia demandera à se rendre chez moi à pied en faisant croire qu'un de mes frères nous conduira là-bas, et je ferai de même. Puis nous nous retrouverons à mi-chemin et prendrons un taxi à l'aller et au retour. Le vendredi suivant, Suhal nous inscrit à l'école et nous payons nous-mêmes nos cours qui doivent s'étaler sur neuf mois. Le lundi d'après, nous téléphonons à Jehan pour lui annoncer la bonne nouvelle et mettre sur pied notre premier rendez-vous. La conspiration s'appuie sur cinq « règles de base » draconiennes.

Personne, à part nous quatre, ne sera au courant de ces rencontres secrètes. Le lieu du rendez-vous sera choisi en fonction d'un seul critère : être inconnu aux membres de nos familles. Dalia enlèvera sa *shar'ia* afin de ressembler à une jeune chrétienne, et en public, Dalia et Michael se feront passer pour frères et sœurs tandis que Jehan et moi leur servirons de couverture. Enfin, nous nous efforcerons d'assister à quelques cours, histoire de prouver si besoin en est que nous apprenons bien l'informatique.

La première rencontre est fixée au restaurant de l'hôtel Méridien de Shmeisani, « Les Mille et Une Nuits ».

Vendredi après-midi, cinq heures. Nous quittons la maison l'angoisse au cœur. Le moment de vérité est arrivé. Dans le taxi qui nous emporte vers le lieu du rendez-vous, nous nous observons en silence, l'œil aux aguets, attentives aux moindres silhouettes croisées dans les rues. Une fois arrivées à l'école, nous rejoignons la salle de classe et au bout de dix minutes, nous prétextons un léger malaise. Direction les toilettes. Dalia revêt les vêtements que j'ai soigneusement dissimulés dans un sac de sport et en hâte, nous courons jusqu'au restaurant du Méridien qui se dresse au coin de la rue. Michael et Jehan sont déjà installés à une petite table dans le fond. À notre entrée, ils se lèvent. En voyant Dalia, le regard de Michael s'illumine, on voit bien qu'il fait des efforts pour ne pas la prendre dans ses bras. De son côté, elle rougit, esquisse un sourire avant de baisser le nez sur ses chaussures. Mais la conversation n'est pas longue à démarrer. Quelques minutes plus tard, le temps semble s'être arrêté et nos craintes envolées. Nous voilà comme quatre gens jeunes gens ordinaires, heureux de se parler, de rire tout en picorant des pâtisseries et en buvant du café. Le bonheur ! Sur le chemin du retour, nous sommes intarissables, aussi émerveillées que surprises par le délicieux moment que nous venons de vivre. Comment une chose aussi naturelle et agréable qu'un après-midi passé en compagnie de ses amis peut-elle être interdite ?

Au fur et à mesure que nous approchons de chez nous une étrange sensation d'angoisse et de triomphe nous envahit. Comme un chant de victoire : nous avons réussi au-delà de nos espérances ! Mais sans le savoir, nous avons goûté aux délices de la liberté, qui dilue la peur, augmente notre assurance et notre courage.

Impossible de revenir en arrière. Nous n'avons fait que trois kilomètres en taxi mais les portes d'un nouveau monde se sont ouvertes devant nous.

10

Au cours des deux mois suivants, nous parvenons à nous retrouver à six reprises, trois fois au Mille et Une Nuits, deux fois à La Coquette, un restaurant français, et une autre à La Terrasse où nous assistons à un extraordinaire concert en mangeant des pâtisseries. Chaque nouveau succès nous étourdit un peu plus et nous nous amusons beaucoup. Enfin la vie est devenue excitante et nous en savourons chaque instant. Jamais nous n'avons connu autant de liberté. Nous ressemblons à deux enfants qui goûtent pour la première fois à du chocolat et que rien ne peut rassasier. Après chaque rendez-vous, Dalia laisse éclater son nouveau bonheur :

— C'est fantastique, Norma, me dit-elle. J'ignorais que Amman possédait des restaurants aussi merveilleux, aussi raffinés. Tu as remarqué à quel point ils sont fréquentés ? La plupart des gens ne parlaient même pas arabe. On dirait une autre planète.

— Oui, c'est merveilleux. Je parie que nos mères ne savent même pas qu'ils existent. J'aimerais pouvoir les emmener là-bas.

— Je suis sûre que nos frères non plus ne les

connaissent pas. Les seuls Arabes qui vont dans ce genre d'endroit sont des hommes d'affaires qui ont rendez-vous avec des étrangers. Ah, si maman pouvait voir ça !

— Et l'ambiance dans le restaurant français, tu as vu ! C'est fou, personne ne faisait attention à nous, chacun s'occupait de ses propres affaires. C'était génial. Jamais je ne me suis sentie aussi libre et à l'aise.

— Oui mais c'est parce que tu parlais anglais. Les gens ont dû penser que tu étais une touriste étrangère.

— Oh, arrête ! Je ressemble trop à une Arabe... Non, je suis persuadée que les clients de ce genre de restaurants ont l'esprit plus ouvert. Peut-être parce qu'ils ont l'habitude de fréquenter des gens qui viennent d'ailleurs.

— Tu as peut-être raison.

— Je suis impatiente d'être à la semaine prochaine. On a encore quelques jours pour choisir le prochain lieu du rendez-vous.

Les semaines passent. Bien qu'elle ne veuille pas encore l'avouer, Dalia est de plus en plus amoureuse de Michael. De mon côté, je sais que jusqu'au mois de mars, date à laquelle la saison de football prendra fin, nous pouvons jouir sans trop de risques de notre nouvelle liberté. Nos frères et nos pères passent leurs sacro-saints vendredis soir devant la télé, et Mohammed court la ville avec ses amis du club de sport. Nous ne le voyons presque plus au salon.

En novembre, les choses se compliquent un peu. Car après le 14, jour férié en Jordanie où l'on célèbre l'anniversaire du roi Hussein, arrive le *Eid al Isra Wal Mi'raj*, la fête musulmane qui commémore la visite nocturne du prophète au paradis et les révélations de Dieu. À cette occasion, les familles musulmanes se réunissent pour festoyer et s'offrir des présents. Dalia doit donc aider sa mère à nettoyer la maison, préparer le menu et bien sûr acheter des petits cadeaux pour ses proches. Et comme les préparatifs de Noël me retiennent moi aussi à la maison, nous n'avons presque plus de temps libre. Pendant deux mois, nous passons la majeure partie de nos heures de loisir à faire la queue dans les magasins, en quête de bonnes affaires. Toujours sous bonne escorte de nos frères, il nous faut pendant un temps renoncer à nos sorties secrètes. Mais il en faut plus pour nous abattre. Et chaque minute grappillée à notre emploi du temps est consacrée à décortiquer la relation de Dalia et Michael.

— Il a plein de qualités qui me séduisent, me dit Dalia un jour où nous savourons une tasse de thé fumant dans notre salle de repos.

Je me contente d'acquiescer brièvement.

— Lesquelles ?

— D'abord, il est physiquement très séduisant mais ce n'est pas l'essentiel. Ce que j'aime surtout, c'est sa gentillesse, sa compréhension et son intelligence.

— C'est vrai, il a l'air doux. Et qu'as-tu découvert d'autre sur lui pendant que je parlais avec Jehan la dernière fois ?

— Il est diplômé en droit et espère devenir avocat à la fin de son service dans la Garde royale.

Comme moi, il est passionné d'art et de lecture. Et puis, c'est si facile de parler avec lui. Nous sommes tellement semblables que j'ai parfois l'impression que c'est de la télépathie entre nous. Il a voyagé partout, bien plus que nous ne le ferons jamais.

— Où est-il allé ?

— Comme il a fait ses études à Londres, il en a profité pour visiter la Grèce, la France et l'Italie. Il parle couramment le français, un peu le grec et l'italien. Il m'a dit qu'il aimerait m'emmener dans tous ces pays. Là-bas, on serait libre d'après lui, et on n'aurait pas besoin de ruser pour se voir, je pourrais faire ce que je veux. On dirait le paradis, n'est-ce pas ?

— Oui. Tout ça est incroyable. Jamais je n'aurais cru qu'une de nous puisse vivre une expérience pareille. Si c'était possible, tu l'épouserais ?

— À l'instant même. Il représente tout ce que j'ai toujours cherché chez un homme. Je l'aime énormément, mais je ne sais pas encore si c'est de l'amour. Je n'ai jamais été amoureuse. Je suis sûre qu'on serait heureux ensemble et j'éprouve des sentiments très forts pour lui. Sûrement parce qu'il se soucie sincèrement de mes opinions et qu'il me traite en égale.

— Il a dû apprendre ça à l'étranger. Ce n'est pas le genre de choses qu'on enseigne aux hommes ici... Mais dis-moi, ça ressemble à quoi d'aimer vraiment quelqu'un ? dis-je soudain en ayant l'impression de pénétrer dans un territoire inconnu.

Car, bien que nous soyons les meilleures amies du monde, Dalia et moi n'avons jamais abordé directement les mystères du cœur. Quant au désir du corps, nous ne savons même pas de quoi il s'agit. En Jordanie, on ne discute jamais de sexualité devant une célibataire et les jeunes filles ne sont nullement informées. Comme Dalia, j'ai cru pendant très longtemps qu'on pouvait tomber enceinte en embrassant un homme sur les lèvres. L'idée qu'une femme puisse avoir des relations sexuelles avant le mariage est si monstrueuse et diabolique qu'elle nous terrifie. Cela peut sembler étrange à quiconque vit dans un pays aux mœurs évoluées, mais malgré nos vingt-cinq ans, nous n'éprouvons ni frustration, ni désir. Comment fantasmer sur quelque chose qui nous fait peur et dont on ne sait presque rien ?

Certaines de nos amies mariées nous ont expliqué, dans le secret de notre salon, que cela faisait mal et qu'on saignait la première fois. De quoi nous effrayer un peu plus ! J'ai des tantes et des cousines plus âgées que moi qui sont célibataires et encore vierges : en Jordanie.

— C'est difficile à décrire, répond Dalia. Si je pense à lui, j'ai des papillons au creux de l'estomac. Je me sens nerveuse, impatiente et tellement heureuse à l'idée de le voir. Quand il est loin, il me manque et je pense à lui constamment. Il me suffit de l'imaginer pour me mettre à sourire. Je ne peux pas concevoir ma vie sans lui.

— Tu as l'air d'être amoureuse. Pourquoi ne l'avoues-tu pas ?

— Parce que l'amour est quelque chose de sérieux. Cela n'a rien à voir avec le fait d'être amoureuse. Pour l'instant, je l'aime comme je t'aime toi.

Mais je ne sais pas si je suis prête à être amoureuse de lui. Il faut d'abord que je sois sûre de vouloir passer le reste de ma vie avec lui et de porter ses enfants.

— Oh, Dalia ! Tu es trop cérébrale et ce que tu dis n'est pas clair. Ton cœur l'aime mais ta raison se perd dans l'analyse. Si jamais je tombe amoureuse, je veux en être convaincue sans avoir à réfléchir.

— Voyons Norma ! On ne prend pas de décision aussi grave sur un simple sentiment. C'est plus compliqué que ça. Tu verras quand cela t'arrivera. Qui me dit que je ne suis pas en train d'en faire un héros seulement pour faire taire ma culpabilité envers mes parents ? Qui me dit que dans quelques mois, je serai dans le même état d'esprit ? La seule chose dont je sois sûre, c'est que pour l'heure, il compte beaucoup pour moi. Grâce à lui, j'éprouve certaines émotions, certains plaisirs, que je ne connaissais pas et je ne veux pas qu'ils s'évanouissent.

— Que veux-tu dire par émotions ? Quels plaisirs ?

Ma question innocente me fait l'effet d'un mot de passe presque magique. Comme Michael, le premier jour au téléphone, un torrent de mots s'échappe de la bouche de Dalia. La digue a cédé.

— Grâce à lui, je me sens unique, belle et intelligente. Il me respecte et s'inquiète de mes désirs, de mes besoins et de mes pensées. Il ne ressemble pas aux hommes de ma famille. Je n'ai jamais vu mon père demander son avis à ma mère. Il se contente de lui donner des ordres et la traite comme si elle n'avait pas d'importance, comme si elle n'était là que pour le servir. Même chose avec moi. Michael est différent, il me pose sans cesse des questions et écoute mes réponses. Mon opinion a de la valeur à ses yeux. Lors de notre dernière rencontre, il m'a demandé de choisir le lieu du prochain rendez-vous. Je ne suis pas habituée à cette attitude. C'est agréable d'être considéré comme quelqu'un d'important...

— Mon père et mes frères réagissent comme les tiens. Pour eux, les femmes n'ont pas de cervelle et n'ont aucun droit d'avoir une opinion. J'espère rencontrer un jour quelqu'un qui se comporte comme Michael. Cela me paraît merveilleux même si j'ai du mal à l'imaginer.

— Oh, Norma ! Je suis sûre que ça t'arrivera. Tu trouveras quelqu'un comme lui. Essaie seulement de t'assurer qu'il a passé beaucoup de temps hors d'un pays musulman. Le mieux c'est de rencontrer un garçon issu d'un des pays où Michael est allé. Apparemment, il appris ça là-bas.

— Rien de plus facile ! Les hommes comme Michael courent les rues à Amman, c'est bien connu ! Je n'ai qu'à me baisser pour en choisir un ! Voyons, Dalia ! Ne dis pas de bêtise ! Ce type-là est une exception. Si seulement il était musulman, vous pourriez vous marier.

Ma phrase tombe comme un couperet et un silence pesant s'installe entre nous. À l'allure où vont les choses, ils n'auront bientôt qu'une solution : quitter la Jordanie. Je saisis la main de Dalia entre les miennes :

— Si demain, tu es sûre qu'il est l'homme de ta vie, nous essaierons de trouver le moyen de vous réunir. Jusque-là, on s'en est plutôt bien sorties, non ? Nous formons une bonne équipe. Rien n'est impossible.

11

Durant cette période de congé, nous avons eu à peine le temps de voir Michael et Jehan. Cela fait presque un an que Dalia a rencontré ce jeune homme, cependant, ils ne se connaissent réellement que depuis cinq mois. Le plus clair de notre temps a été perdu en travaux d'approche, en palabres et en ruses diverses. Une tâche harassante qui occupe nos esprits vingt-quatre heures sur vingt-quatre. Le mois de mars approche et la saison de football est sur le point de se terminer. Pour nous, cela signifie de nouvelles complications : Mohammed va reprendre son poste d'observation dans le salon et nos autres frères vont traîner davantage dans le quartier. Le risque que l'un d'entre eux nous aperçoive dans un taxi devient beaucoup trop grand. Pourtant, Michael et Dalia éprouvent de plus en plus d'empressement à se voir, à se parler, et refusent de s'encombrer l'esprit des dangers potentiels. Comment leur expliquer que ces derniers gouvernent la fréquence de leurs rendez-vous ? Je m'accroche à l'idée que Michael a beau se croire à l'abri des échecs, il aimera assez Dalia pour garder en tête les risques qu'elle encourt. Mais l'assurance et l'expérience de Michael sont contagieuses. Plus les semaines passent, plus nous nous pensons invincibles. Il est devenu pour nous un magicien, capable de changer le monde qui nous entoure. Et nous nous surprenons même à envisager un mariage et un départ de Jordanie.

Jehan et moi sommes les pierres angulaires de la conspiration. Nos missions sont claires et définies : concevoir et organiser les opérations de couverture permettant à Dalia et Michael de passer le plus de temps possible ensemble. Notre comportement s'apparente à celui de chefs militaires. Devant la carte du quartier punaisé au mur, nous élaborons des stratégies, des plans de repli, allant même jusqu'à entourer d'un cercle noir les endroits où se trouveront probablement nos frères durant le rendez-vous de nos amoureux. Au bord de l'épuisement, nous avons les nerfs à vif et l'angoisse au ventre après chaque rencontre secrète du vendredi. Notre cauchemar serait d'entendre un de nos frères nous faire remarquer qu'il nous a aperçus dans tel ou tel café de la ville. Et notre sentiment de victoire est en train de tourner au désespoir.

— Je n'arrive plus à dormir ni le samedi, ni le dimanche, se plaint régulièrement Dalia. J'ai toujours l'impression qu'un de mes frères va me taper sur l'épaule en me disant « Hé ! Il m'a semblé te voir avec Norma hier après-midi ». C'est insupportable mais en même temps, je ne veux pas renoncer à Michael.

— J'éprouve la même chose que toi. Il faut trouver une autre solution. Et si on demandait à se faire conduire en voiture à l'école ? On éliminerait le risque d'être aperçues dans un taxi.

— Peut-être mais cela ne nous enlèvera pas la crainte d'être surprises au restaurant !

— Il faut bien commencer par quelque chose. On ne pourra pas tenir comme ça très longtemps.

L'une après l'autre, nous échafaudons de nouvelles hypothèses, pesant le pour et le contre, variant les tactiques. Nous envisageons d'abord de laisser tomber les cours d'informatique et de demander à Mohammed de nous accompagner chez Jehan, mais impossible d'évaluer nos chances de réussite. Tant pis, nous en resterons à notre plan initial. Étrangement, l'excitation des débuts fait place peu à peu à une immense inquiétude. Plus nous accumulons les succès, plus nous avons peur d'échouer. C'est devenu une obsession.

Notre travail au salon commence également à souffrir de la situation car nous sommes obligées de refuser des clients pour organiser nos rendez-vous hebdomadaires. Heureusement, nos parents ne s'intéressent pas à notre chiffre d'affaires. À leurs yeux, ce magasin est une occupation pour filles oisives, pas une affaire sérieuse. Puisque nous ne sommes pas mariées, nos pères paient l'essentiel de nos dépenses et les bénéfices que nous faisons sont notre argent de poche. Argent qui passe maintenant complètement dans l'organisation de la conspiration. Cela revient cher d'avoir une double vie : il faut offrir des cadeaux à nos frères ou financer leurs activités – comme les cours d'haltérophilie de Mohammed – pour les tenir à distance. C'est peu payer pour notre tranquillité d'esprit. Mais le coût le plus élevé est psychologique. Car l'art de la manipulation requiert une énorme force morale. Insidieusement, nous influençons la vie de nos frères, les poussant discrètement à telle activité et telle sortie qui nous garantiront quelques heures d'indépendance, tout en leur faisant croire que l'idée vient d'eux. Cela demande des enquêtes approfondies sur leurs vies, une connaissance quasi parfaite de leurs centres d'intérêts, de leurs personnalités : il nous semble maintenant les connaître mieux qu'ils ne le font eux-mêmes. Dans l'ensemble, nous n'avons pas trop de mal à faire coïncider leur emploi du temps avec le nôtre, car en Jordanie, les loisirs se pratiquent le vendredi et le samedi. Mais que de temps perdu : un après-midi de rêve demande plusieurs journées de préparation. Et comme Dalia a souvent la tête ailleurs, c'est à moi que revient la responsabilité de vérifier à plusieurs reprises tous les détails de leurs rendez-vous.

Depuis qu'elle connaît Michael, Dalia a changé de façon stupéfiante. Du plus loin que je me souvienne, elle a toujours été d'une nature rebelle mais aujourd'hui, son anticonformisme et sa colère contre les restrictions imposées par la gent masculine se sont teintés d'optimisme. Sa rencontre avec un homme qui chérit et encourage sa liberté d'esprit l'a rendue plus gaie, plus prompte à l'émerveillement. Et comme toujours, chacune de nous reste dans son rôle : elle invente l'idée, et je me charge de l'exécuter.

Après chacune de leurs entrevues, elle ne parle que de Michael pendant plusieurs jours d'affilée. Bien qu'elle refuse encore de l'admettre, elle est évidemment amoureuse de lui. Leurs convictions religieuses et politiques sont les mêmes, et ils ont d'innombrables choses en commun. À force de me tenir à quelques mètres d'eux, témoin muet de leur désir, je devine la passion qui les lie. Passion qu'ils refusent de voir par peur des interdits qui pèsent sur eux. Car Dalia n'a pas renoncé à l'auto-analyse : j'adore la voir se débattre dans un flot de sentiments qu'elle ne veut pas appeler par leurs noms, sa façon compliquée d'avouer qu'elle aime Michael. Je sais qu'elle n'emploiera le mot « Amour » que lorsqu'elle sera convaincue qu'il n'y en a pas d'autre pour expliquer ce qu'elle ressent. Connaissant notre culture et sa personnalité, cela n'a rien d'étonnant. Elle est trop cérébrale pour se comporter autrement. Et je ne l'en aime que davantage. Mais je suis persuadée que le jour – s'il arrive – où elle prononcera ce mot, il n'y aura pas moyen d'éviter l'étape suivante. Et je n'ose pas y penser. Parfois, je me prends à sourire en l'écoutant bavarder sans fin sur la profondeur et l'avenir potentiel de sa relation avec Michael, alors qu'ils ne se sont même pas embrassés, ni tenus par la main. Et je m'interroge : est-ce à cela que ressemble une histoire d'amour en pays islamique ?

12

Nous sommes en mai, le plus doux et le plus beau mois de l'année et comme chaque printemps, nos familles s'apprêtent à partir en villégiature à Aqaba, la seule station balnéaire du pays.

Le nom d'Aqaba est indissociable de l'histoire de Lawrence d'Arabie. C'est là qu'il bâtit sa légende. Qui n'a pas entendu parler de son entrée, à dos de chameau, dans ce port stratégique de Jordanie, place forte des Turcs, pour gagner la cause des Britanniques et de ses alliés arabes ?

Pour Dalia et moi, cet endroit représente une bataille bien différente : celle de l'innocence perdue, de l'enfance envolée. C'est là que notre liberté nous a été arrachée à l'âge de dix ans. Les vainqueurs en ont été nos pères, nos frères et les codes anciens. Oh ! Comme Dalia et moi avons aimé Aqaba ! Nous étions persuadées que la mer avait des pouvoirs mystiques et tous les ans, nous suppliions nos familles de nous y amener.

Tandis que je cherche aujourd'hui désespérément un moyen pour éviter de les accompagner, j'ai soudain le souvenir fugace des joies que nous avons connues là-bas, enfants. Nous étions de petites princesses que tout le monde prenait plaisir à amuser. C'était le temps idyllique – et trop court – où mon père était affectueux, où je chahutais en riant avec Dalia et mes frères dans les vagues, où le soleil caressait nos jeunes corps couverts de sable et vêtus d'un maillot de bain. C'était le temps où mon père me prenait dans ses bras et m'accompagnait chercher des coquillages en me tenant par la main et où mes frères étaient encore mes amis, pas mes chiens de garde.

À l'âge de neuf ans, tout s'est arrêté : les jeux et les marques d'affection. Malgré moi, j'ai été propulsée dans l'âge adulte. J'avais encore le droit de porter un maillot de bain mais je devais le cacher sous de larges shorts et un grand tee-shirt. Dalia, elle, ne pouvait plus quitter sa *shar'ia*... Au fil du temps, les joies de la baignade nous ont été interdites. Brusquement, nous n'avons plus été autorisées à courir dans les rues du quartier avec les autres enfants.

Nos occupations se sont limitées à servir les invités, à faire le ménage et à cuisiner avec nos mères. Notre formation et notre apprentissage de filles bien élevées venaient de commencer. Tout en nous enseignant les tâches domestiques, nos mères et nos tantes nous ont inculqué les responsabilités auxquelles toute femme doit se conformer. Nous avons découvert progressivement les limites de notre univers : celui de la maison.

À l'âge de dix-huit ans, la distance entre les hommes de nos familles et nous était devenue un fossé infranchissable. Bien sûr, l'amour que nous leur portions n'avait pas disparu mais ils étaient à présent nos supérieurs, des dieux intouchables refusant de descendre de leur piédestal pour se mêler aux femmes, le petit peuple. Comme des monarques absolus, ils exigeaient que nos vies et nos désirs cèdent devant les leurs.

Aujourd'hui quand nous allons à Aqaba, nous appartenons à cette masse silencieuse de femmes frustrées des plaisirs de la mer. Même sur les plages, les tenues vestimentaires chères à l'Islam nous ensevelissent tel un linceul. Seuls les hommes et les jeunes enfants peuvent profiter du rivage et des sports nautiques. Les femmes n'oseront jamais se montrer en maillot de bain. Elles s'assoient sur le sable, habillées de pied en cap, et contentent les besoins des membres masculins de leur famille. Oh ! Bien sûr, elles ont l'autorisation d'entrer dans l'eau tant qu'elles portent leur *shar'ia.* J'ai toujours au fond de moi cette image triste, ridicule, mais si familière de ces femmes essayant de nager tout en luttant pour immerger leur volumineuse robe noire qui gonfle au-dessus des vagues. Leur geste inutile et frustrant me semble être la métaphore d'une vie de Jordanienne.

Vous comprendrez donc pourquoi notre intérêt pour Aqaba avait disparu, bien que nous aimions toujours la magie de la mer.

Nos parents ont prévu de partir pour Aqaba à la mi-mai. À cette époque de l'année, les habitants de Amman quittent leur quartier, le sourire aux lèvres et filent vers le sud pour réinvestir des territoires habituellement fréquentés par les touristes. À l'image de tous les Arabes du Moyen-Orient – les Syriens, les Libanais, les Saoudiens – ils émigrent généralement vers Aqaba, les sources thermales de Hammamat Ma'in et surtout vers la mer Morte. Située à quatre cent neuf mètres sous le niveau de la mer, elle constitue le point le plus bas de la planète et fait partie de la frontière séparant la Jordanie et Israël. Sa concentration en sel (trente pour cent) qui est sept fois plus élevée que dans tous les autres océans y interdit toute vie végétale ou animale. Mais sa richesse en minéraux est réputée guérir bon nombre de maux comme le stress, les maladies de peau, les allergies, les affections bronchiques, etc.

Telles des tribus de phoques, les nouveaux arrivants s'y précipitent pour se couvrir de boue de la tête aux pieds. Depuis plusieurs années, le gouvernement jordanien a favorisé la construction d'établissements balnéaires et d'hôtels le long du rivage. À tel point qu'aujourd'hui, cette petite zone côtière est littéralement envahie par les vacanciers.

Après avoir flotté pendant des heures comme des bouchons, les gens se dirigent ensuite vers l'une des soixante sources thermales de Jordanie, toutes réputées pour leur valeur curative et jadis fréquentées d'Hérode et Cléopâtre, pour y rincer leurs corps couverts de sel cuit.

Hammamat Ma'in est l'une des plus célèbres. Au bout de quelques jours d'infusion dans une eau à température constante de quarante-cinq degrés, les foules descendent la Route du Désert en direction d'Aqaba dont l'histoire remonte à avant Jésus-Christ. Mais ce ne sont pas les fouilles archéologiques qui attirent les Arabes. Ils éprouvent le besoin de fuir le paysage désertique et brûlant de la région de Amman. Située à l'extrémité d'un pays verrouillé par les terres, Aqaba est le seul débouché maritime de la Jordanie : enfants, nous avions l'impression qu'elle cachait l'accès d'un monde exotique qui nous était fermé à jamais.

Cette année, nous n'avons aucune envie de quitter Amman et depuis plusieurs semaines, nous cherchons un prétexte pour ne pas accompagner nos familles au bord de la mer. Mais comment espérer qu'elles nous laissent seules en ville, sans surveillance, pour une huitaine de jours ? Le plus important, c'est de leur prouver que nous sommes dignes de confiance car ce que nos pères craignent avant tout, ce ne sont pas les agressions qui sont rares dans nos villes, mais notre capacité à nous conformer aux règles pendant leur absence. Miraculeusement, l'excuse de nos cours d'informatique fonctionne. Même auprès de Mahmood, le père de Dalia. Nos parents partiront sans nous et, pour faciliter la tâche de ma tante qui vit à dix minutes de chez nous et qui doit nous servir de chaperon, il est décidé que Dalia et moi nous installerons sous le même toit pendant une semaine. Notre excitation est à son comble. C'est la première fois de notre vie que nous allons rester seules, entre nous, sans nos frères ou nos pères pour nous épier. Nous regrettons déjà que cette aventure ne dure pas plus longtemps. Mais c'est déjà ça... Nous allons vivre enfin comme de véritables sœurs, des copines de collège. Cela nous paraît tellement merveilleux que nous sommes presque tentées d'annuler les rendez-vous avec Michael pour profiter de cette situation exceptionnelle. Quant au fait de parvenir à manœuvrer ma tante, cela ne nous inquiète pas. Il suffira de supporter ses coups de téléphone interminables, ses recommandations inquiètes et éventuellement une visite en coup de vent de sa part. Sans hésitation, nous choisissons de rester chez mes parents car nos voisins sont plus jeunes, plus occupés et moins bruyants que ceux de Dalia.

Il est sept heures et demie, le vendredi matin, quand Mahmood et sa famille déposent mon amie devant notre perron. Ils ont prévu de descendre directement en voiture jusqu'à Aqaba où ils comptent séjourner une semaine. Une fois le petit déjeuner achevé et les bagages rangés dans le coffre, mes parents et mes frères partent à leur tour en direction de la mer Morte. Surexcitées comme des gamines, nous agitons le bras en signe d'au revoir, en attendant que leur véhicule ait tourné au coin de la rue. Puis nous nous précipitons dans la maison et allumons la radio. Pleines d'allégresse, nous dansons et chantons à tue-tête sur des rythmes endiablés. Quand nous sommes calmées, nous téléphonons à Jehan. Notre sensation de liberté est tellement intense que nous sommes tentées de l'inviter à venir dîner avec nous et son frère. Cependant la prudence reprend ses droits : nous sommes entourées de voisins curieux et dehors, il faut continuer à faire attention. Mais comme nous avons pris soin de fermer le salon pour la semaine, rien ne nous empêche de rencontrer nos amis tous les jours si nous le voulons. Tandis que Dalia discute avec Michael au téléphone, je monte dans ma chambre pour sélectionner quelques vêtements que je compte lui prêter pour qu'elle se sente plus à l'aise.

Une heure plus tard, Dalia me rejoint et se laisse tomber sur mon lit encombré de piles de linge.

— Il est tellement gentil ! me lance-t-elle d'entrée de jeu.

— Je sais, oui. Alors de quoi avez-vous parlé ?

— Bof... De tout et de rien. Devine ? murmure-t-elle en se redressant.

Une légère angoisse m'étreint brusquement.

— Quoi ? dis-je un peu sèchement.

— Il veut nous emmener ce soir dans un restaurant grec où on pourra danser et écouter de la musique.

— Ce soir ? Je ne sais pas si c'est une bonne idée. Je ne vois pas comment on va faire pour quitter la maison. Et si un voisin dit à mon père qu'il nous a vues sortir au milieu de la nuit ? Et si ma tante appelle pendant notre absence ? Pourquoi ne pas y aller cet après-midi ?

— Parce que l'orchestre n'est là que le soir. Oh ! J'ai vraiment envie d'y aller.

— D'accord, c'est tentant mais c'est trop risqué. Il faut qu'on s'en tienne aux après-midi.

— Oh, allez... ! Il y a bien un moyen de sortir sans se faire remarquer. Tout le monde est parti. Si ta tante téléphone, on dira qu'on dormait et qu'on n'a pas entendu la sonnerie.

— Oui, c'est faisable mais... Puisque tu es si maligne, à toi de trouver un moyen de filer en douce. Au fait, Jehan vient avec nous ?

— Je ne crois pas. Son père ne la laissera pas sortir aussi tard, même avec Michael.

— Alors, je sers à quoi ? Pourquoi n'y allez-vous pas tous les deux ? Ce sera plus romantique. Tu n'as qu'à mettre mes bagues et ma croix. On vous prendra pour un couple de jeunes chrétiens.

— Non, Norma, je veux que tu viennes. Que tu vives cette expérience.

— Tu me raconteras à ton retour. Il vaut mieux que la maison reste allumée et je m'arrangerai pour faire du bruit pour les voisins. Tu n'auras qu'à sortir et rentrer discrètement par la porte de derrière.

— Il nous a donné rendez-vous au carrefour, à côté de la pizzeria. On peut y aller à pied. Ce n'est pas loin.

— TOI, tu iras à pied. Je t'en prie, vas-y toute seule. Michael et toi avez besoin d'être ensemble. Si tu veux me faire plaisir, rapporte-moi quelques plats grecs.

Je vois bien que Dalia est nerveuse. Je la comprends. Après un an de rendez-vous, ce sera la première fois où elle sera seule avec lui. Mais elle doit sauter le pas.

— Allez, il faut qu'on cherche une tenue à te mettre, dis-je brusquement. Rappelle-toi, tu dois avoir l'air d'une femme mariée.

— Attends ! Quelle heure est-il ? Je dois aller à la mosquée.

Son empressement soudain n'est pas dû à la piété, mais à la peur. Elle ne peut pas prendre le risque que le cheikh informe son père de son absence.

— Ça m'est sorti de l'esprit, dis-je. Dépêche-toi, c'est presque l'heure. Tu es sûre d'être obligée d'y aller ?

Elle se lève d'un bond.

— Oui. Papa a bien insisté en me déposant ici tout à l'heure. Je suis persuadée qu'il vérifiera à son retour. – Elle enfile sa *shar'ia* sur ses vêtements et ajuste son voile – quand je pense que j'ai failli oublier...

Après m'avoir embrassée, elle quitte la maison en courant, m'abandonnant au milieu d'un monceau de robes et de pantalons. Je choisis quelques affaires pour son rendez-vous du soir puis descends à la cuisine réchauffer les restes du *mulukiyyeh* de la veille (un ragoût d'épinards et de morceaux de poulet servi sur un lit de riz et surmonté de citron), un de nos plats favoris. Tout en cuisant une poignée de riz, je note que le réfrigérateur est plein à craquer et que mon père a veillé à ce que nous n'ayons pas besoin de sortir faire des courses. Son sens du détail vaut largement le nôtre et cette constatation m'effraie quelque peu.

Au retour de la mosquée, Dalia me découvre dans le salon, assise dans la chaise longue de mon père, en train de fumer et de boire du café. Elle s'affale sur le canapé et à son tour allume une cigarette. Des plaisirs sacrilèges dans une telle pièce, mais ô combien délicieux.

— Bon, mademoiselle Dalia, j'ai préparé votre tenue pour votre soirée romantique avec Michael. Mais d'abord, venez déjeuner avec moi sur la terrasse. J'ai pris la liberté de préparer du riz et de réchauffer le *mulukiyyeh*, dis-je en imitant la voix cérémonieuse de mon paternel.

L'angoisse se lit brusquement sur le visage de Dalia. Elle a le trac de se retrouver seule avec Michael.

— Je ne sais pas quoi lui dire, ni comment me comporter... me dit-elle.

— Oh ! Bien sûr que si ! Tu es simplement nerveuse parce que tu l'aimes et tu sais que ça devient sérieux.

— Tu as peut-être raison, réplique-t-elle.

— Quoi ? Je n'en crois pas mes oreilles ! Tu es enfin d'accord avec moi ?

— J'ai dit peut-être mais ce n'est pas la peine d'en faire toute une histoire. Bon, je meurs de faim. On mange ?

C'est loin d'être le premier déjeuner que nous partageons toutes les deux mais celui-là a une saveur exceptionnelle. Notre sentiment de liberté est intense, magique. Même au cours de nos rencontres secrètes avec Michael et Jehan, nous n'avons jamais rien éprouvé de tel. Aujourd'hui, nous n'éprouvons aucune crainte d'être surprises. Nous profitons de chaque instant, savourons chaque bouchée comme pour mieux faire durer notre nouvelle indépendance.

Une fois le repas terminé, nous courons à l'étage pour une séance d'essayage. Finalement, Dalia opte pour une longue robe d'été en coton ornée de fleurs sauvages et de roses cramoisies qui lui donne l'allure d'une fée. Sa beauté irradie et je la contemple avec admiration, sans éprouver la moindre jalousie. Je suis tellement fière d'elle. Malgré son appréhension, elle accepte de se laisser maquiller légèrement pour ressembler à une jeune chrétienne. Mais plus l'après-midi avance, plus sa nervosité augmente. Sans ménager ma peine, je la rassure, lui insuffle du courage jusqu'à ce qu'arrive l'heure du rendez-vous. Sur la pointe des pieds, nous nous éclipsons par la porte de derrière et après avoir vérifié que personne ne peut nous voir, nous traversons la cour. J'ai finalement décidé de l'accompagner au coin de la rue pour attendre Michael avec elle. Je suis trop curieuse de voir sa réaction quand il verra à quel point elle est jolie et je ne suis pas déçue. Une fois garé sa voiture le long du trottoir, il s'avance vers nous et s'arrête brusquement au moment d'ouvrir la portière du passager. Ses yeux sont éloquents et son amour pour elle illumine son visage. Rassurée, je rentre à la maison. Dalia est entre de bonnes mains.

Il est près de onze heures et demie quand elle revient, l'air apaisée. Sereine. Son regard brille d'une lueur intense que je ne lui ai jamais vue. Je décide aussitôt qu'elle doit retrouver Michael seule pendant toute la semaine et à la voir, je sais que je n'aurai aucun mal à la convaincre.

Dalia me tient éveillée la moitié de la nuit, impatiente de me raconter sa soirée. Tout en grignotant les spécialités grecques qu'elle m'a rapportées, nous parlons de Michael, de leur complicité. Pour la première fois, elle m'avoue qu'elle est amoureuse de lui. Ça y est ! Le mot est enfin sorti de sa bouche. Cela me terrifie et me réjouit en même temps. Pendant des mois, j'ai travaillé et attendu pour que cet instant arrive, en pensant que cet aveu me comblerait de joie. Mais soudain, la signification et les conséquences d'une telle confession me font frémir. Je songe aux forces culturelles implacables, vieilles de milliers d'années, qui vont fatalement se mobiliser contre cet amour naissant.

Jusqu'à aujourd'hui, nous n'avons fait que jouer. Jouer comme des gamines innocentes à berner nos geôliers, à échafauder des intrigues pour nous évader d'un quotidien un peu trop terne. Jouer comme des adolescentes excitées qui se maquillent en cachette. Cendrillon à son premier bal. Depuis des mois, j'ai conspiré, menti. Je l'ai poussée sur la voie de l'amour pour la rendre heureuse et vivre par procuration un peu de son excitation. Et maintenant ? Les questions sont si douloureuses que j'ai du mal à les regarder en face. N'ai-je pas fait une terrible erreur en aidant mon amie ? Quel sera le prix à payer ? À quelle souffrance et quels dangers ai-je condamné Dalia ? Et moi par la même occasion ?

Mais j'ai bien peur qu'il soit trop tard pour s'arrêter. Et même pour qu'on en ait envie.

13

Les semaines et les mois défilent, et nos doubles vies continuent. À la fin de l'été, nous pouvons nous vanter de connaître tous les plus grands restaurants de Amman. Mais notre soif insatiable de liberté cherche déjà à briser d'autres limites. Depuis quelques temps déjà, nous mourons d'envie de quitter les frontières de la ville et d'organiser un pique-nique. Nous sommes en août et comme tous nos compatriotes, nous n'avons de cesse de quitter la fournaise des rues enfiévrées pour trouver un peu de fraîcheur. Mais où aller ?

La Jordanie ne possède ni grands espaces dotés de végétations luxuriantes, ni sites vraiment sauvages. Sa plus grande spécificité géographique est la Vallée du Jourdain – zone fertile creusée dans le Rift – qui s'élève au-dessus du Liban, s'étire le long du pays à partir de la frontière syrienne pour déboucher en mer Rouge au port d'Aqaba. Le fleuve traverse le lac de Tibériade (mer de Galilée) et reçoit les eaux de plusieurs affluents dont le Yarmouk. Malheureusement, par manque d'eau, les régions fertiles sont aujourd'hui en danger. Car le plus gros problème de la

Jordanie est sa faible pluviométrie, d'où son manque de terres cultivables. Problème accru par l'accroissement de la population, l'amélioration du niveau de vie dans les villes, la difficulté d'extension des cultures et bien sûr le morcellement des propriétés. Au cours des siècles, des millions d'hectares sont retombés à la désertification et, avec eux, une bonne partie de la faune et de la flore.

Notre première idée est d'aller pique-niquer dans l'une des six réserves naturelles gérées par la Société royale de défense de la nature, la principale agence environnementale du pays. Ma préférence va au Zai National Park, situé le plus près de Amman mais je finis par me ranger au choix de Dalia et de Jehan qui rêvent d'aller admirer le Dibeen National Park, une des dernières forêts de pins de Jordanie qui abrite des écureuils persans, une espèce en voie de disparition. Il offre un panorama exceptionnel et de nombreux restaurants pour les touristes.

Le plus dur reste de mettre le projet sur pied mais notre débrouillardise n'a maintenant plus de limite. Grâce à une amie d'école de Jehan qui accepte de jouer le rôle d'une future mariée, nous prétextons une séance de travail chez elle pour discuter des préparatifs de ses noces. L'obstacle principal n'est pas de parvenir à convaincre le frère de Dalia de nous déposer à son domicile pour une durée d'au moins quatre heures, mais d'accepter l'idée de mettre une tierce personne dans le secret. Cela va à l'encontre des règles de base que nous nous sommes fixées au départ. Tous les jours, nous téléphonons à Jehan pour nous assurer qu'elle a veillé à tous les détails. Sa réponse est toujours la même :

— Ne vous inquiétez pas. J'ai été prudente et tout est organisé.

Quand nous nous installons dans le pick-up de Mohammed avec nos sacs à ouvrage bourrés de nourriture et de boissons sur les genoux, nous n'en menons pas large. Bien qu'il ait un rendez-vous dans l'après-midi, rien ne nous dit qu'il ne va pas vouloir nous accompagner jusqu'à l'entrée de l'appartement comme il le fait à chaque fois. Et si ce n'est pas l'amie de Jehan qui nous ouvre la porte ? Nous n'osons imaginer ce qui se passera si nous tombons nez à nez avec ses parents.

Impossible de leur dire en sa présence qu'on est venu discuter préparatifs de mariage avec leur fille qui n'est même pas fiancée...

Nous voilà arrivées ! Mohammed gare la voiture devant un grand immeuble moderne et nous fait signe de descendre. J'échange un regard paniqué avec Dalia. Puis nous pénétrons à sa suite dans le hall du bâtiment et grimpons au premier étage. La porte s'ouvre devant nous et une jeune femme apparaît sur le seuil. Ouf ! Première étape franchie. Mohammed nous laisse aussitôt et nous sautons dans les bras de Jehan qui nous attend, cachée dans l'appartement. Notre cœur bat encore la chamade.

— Asseyez-vous et détendez-vous, nous dit-elle. Michael doit arriver dans vingt minutes. Voici Hana, ma meilleure amie d'école. Ne vous inquiétez pas, sa mère est morte il y a deux ans et son père est à son bureau. Nous sommes seules.

En attendant l'arrivée de Michael, nous nous régalons de pâtisseries et de thé à la menthe tout en bavardant comme des pipelettes. Il arrive dix minutes plus tard, en proie à une grande excitation.

— Vous êtes prêtes à partir ? Dalia, j'ai une surprise pour toi, dit-il en riant sous cap et en nous entraînant vers la voiture.

Comme le veut la bienséance, Dalia prend place avec moi et Jehan sur la banquette arrière. Soudain, sa chanson préférée – « Habbibi » de Amir Diab – résonne dans l'habitacle.

— Oh mon Dieu ! Tu l'as trouvé ! Je n'arrive pas à le croire. Merci, s'exclame-t-elle.

— Je l'ai déniché au Music Box à Fuheis, explique Michael aux anges.

Depuis sa sortie, le nouvel album de Amir Diab fait un triomphe sur toutes les radios. Et comme tout le monde s'est précipité pour l'acheter, voilà des semaines qu'il est introuvable. Dalia a fait des pieds et des mains en vain pour se le procurer.

— Comment t'es-tu souvenu que j'aimais cette chanson ? s'enquit-elle les yeux brillants. Je ne te l'ai dit qu'une seule fois !

— Je me souviens de toutes tes paroles...

Une fois au Dibbeen National Park, nous pénétrons dans la forêt et tandis que nos pieds foulent l'épais tapis spongieux d'aiguilles de pins, nous rions en devisant joyeusement. Les allées du parc sont désertes et nous avons l'impression d'être seuls au monde. Bientôt, installés sur une couverture dans une petite clairière ombragée et cernée de conifères odorants, nous nous enivrons d'éclats de rires, de paroles oisives et c'est à contrecœur que nous reprenons le chemin de l'appartement de Hana vers trois heures, où Mohammed doit venir nous rechercher. Conquis par notre succès, nous projetons, avec une hardiesse grandissante, d'organiser un nouveau pique-nique pour Michael et Dalia au Zai National Park. Il faudra des semaines à Jehan pour le mettre sur pied.

Mais à voir le visage de Dalia au lendemain de cette escapade, je ne regrette aucun de nos efforts. C'est ce jour-là dans l'arrière-salle du salon qu'elle m'avoue que Michael l'a embrassée pour la première fois.

— Oh, Norma ! Je ne sais même pas par où commencer... Comment te dire ce que j'ai ressenti. Ça ne m'était jamais arrivé. C'est tellement incroyable. J'ai eu l'impression de recevoir une décharge électrique partout dans le corps. C'était... magique.

Certes, elle avait eu peur sur le moment mais...

— Je n'étais pas gênée, reprend-elle. C'était si naturel. Je sais que je n'aurais pas dû, mais je l'aime si profondément, si totalement... J'ai du mal à l'expliquer mais au fond de mon cœur, je le considère comme mon mari et c'est cela qui compte.

— Votre histoire a l'air de devenir sérieuse. Avez-vous discuté ensemble de ce que vous allez faire ?

— Oui, bien sûr. Nous nous sommes avoué notre amour. Si nous avions la même religion, il irait demander ma main à mon père mais il lui est impossible de se convertir à l'Islam. Cela risquerait de détruire sa famille. Et comme moi, je ne peux pas devenir catholique sous peine de vivre un enfer, nous sommes coincés.

— Si vous viviez dans un pays non musulman, vous pourriez vous marier.

— Bien sûr. Mais nous sommes jordaniens. On ne peut rien faire...

— ... Seulement si tu restes ici ! Pourquoi ne pas partir ailleurs ? Michael a fait ses études à Londres et il a beaucoup voyagé ; il est peut-être en mesure de te faire sortir du pays.

— Tu réalises ce que tu es en train de dire, Norma ? Imagine qu'il puisse le faire et que j'accepte, toutes les deux, on ne se reverra probablement jamais.

— Dalia ! Ce ne sont pas des paroles en l'air. Réfléchis-y... Tu serais libre d'épouser l'homme que tu aimes. Tu pourrais vivre en toute liberté, avoir des enfants et leur donner l'éducation de ton choix. Si tu as une fille, elle aura des droits, plus de droits qu'on n'en a jamais rêvé.

— Je suis d'accord, ce serait le paradis... mais je ne veux pas te quitter.

— Qui sait de quoi l'avenir sera fait ! Qui te dit que je ne quitterai pas un jour la Jordanie moi aussi ? Tu ne dois pas prendre ta décision en fonction de moi. Je t'aimerai toujours mais tu n'as pas le droit de renoncer à ton destin. Si vous vous aimez, comme je le crois, et s'il existe un moyen pour vous de vivre ensemble, alors tu dois partir.

— Pourquoi ne fuyons-nous pas tous ensemble ?

— On en parlera à Michael. S'il y a une possibilité, je viendrai avec vous. Mais quoi qu'il arrive, tu dois partir. Même sans moi.

— Jamais je ne te laisserai.

— Ne t'inquiète pas, on trouvera toujours le moyen de rester en contact. Tu arriveras toujours à me joindre. De toute façon, pour l'instant, c'est toi qui es en jeu. Toi et Michael. Pas moi.

Ses yeux se remplissent de larmes.

— Je l'aime vraiment et je sais qu'il éprouve le même sentiment pour moi, murmure-t-elle. Je vais lui parler et lui demander de trouver un moyen de nous faire quitter le pays. Je suis sûre qu'il y arrivera. J'en suis sûre.

Pendant plusieurs jours après cette conversation, Dalia semble égarée dans un univers auquel je n'ai pas accès. Repliée sur ses émotions, elle ne pense qu'à l'homme qu'elle aime. Si le paradis existe sur terre, elle en a trouvé la clef. Et à la contempler en silence, je rêve du jour où je pousserai la porte de ce monde magique.

14

Qui aurait pu se douter qu'une simple poignée d'aiguilles de pin ébranlerait nos certitudes et nous ferait entrevoir, pour la première fois, la possibilité d'un échec ? Depuis longtemps, nous avions dépassé la peur et à chaque nouveau succès, pris un peu plus d'assurance. Tandis que Dalia vivait un rêve éveillé, je me débattais avec un flot d'émotions nouvelles depuis que j'avais appris qu'elle risquait de partir à l'étranger pour se marier avec Michael. Jamais il ne m'était venu à l'esprit que cette relation que j'avais favorisée pourrait un jour nous séparer pour toujours. J'étais à la fois folle de joie pour elle et un peu envieuse, tout en cherchant à me persuader que ce n'était pas elle que je jalousais mais les sentiments qu'elle expérimentait. J'avais toujours aimé Dalia comme ma propre sœur et je pensais sincèrement que rien ne pourrait briser cette affection. Mais je découvrais soudain qu'il m'était difficile de la partager avec Michael.

Je ne mettais pas en doute ses sentiments pour elle. Je savais qu'avec lui, elle serait en sécurité. J'avais beau me le répéter, cela ne me réconfortait pas. Pourtant, son bonheur m'importait plus que tout et tant pis pour moi s'il impliquait de ne plus jamais la revoir.

Je me souviens de cette période comme d'un moment d'intense fragilité. À mes côtés, Dalia se laissait porter par une vague de félicité dont elle seule avait le secret. Et moi, je travaillais à cacher mes émotions : si elle les découvrait, jamais elle n'accepterait de partir. Et je refusais d'être un obstacle à son bonheur à venir.

J'ai la conviction aujourd'hui que Dalia n'a jamais perçu le conflit dans lequel je me débattais. Et je m'en félicite.

Quelques semaines plus tard, nous nous retrouvons comme tous les jeudis pour notre *shira* hebdomadaire dans la maison de Dalia. Mon père m'a donné la permission d'aller directement chez elle en sortant du salon et nous avons prévu de cuisiner des *kunafay* pour faire plaisir à son frère qui est attendu dans la soirée avec sa femme. Ce n'est pas que nous apprécions spécialement la compagnie de Nasar, mais nous sommes déterminées à le convaincre de sortir davantage, pour le salut de Diana, sa malheureuse épouse qu'il garde cloîtrée à la maison.

Dalia a passé la semaine à discuter avec Michael de leur futur départ de Jordanie et à mon arrivée chez elle, je comprends qu'elle a quelque chose d'urgent à me dire. Elle a beau se concentrer sur sa recette de *kunafay*, je vois bien qu'elle est prête à exploser. Je redoute ce que je vais entendre. Elle va m'annoncer sans doute que Michael a trouvé le moyen de la faire quitter le pays. Je ne sais pas si j'aurai la force d'encaisser le coup sans m'effondrer en sanglots. Alors, je me contente de prier pour que la cuisson du dessert soit la plus longue possible.

En fait, je suis sauvée par l'arrivée de Nasar et de Diana. Maintenant qu'ils sont là, la mère de Dalia a besoin de nous pour faire le service et il est hors de question de nous enfermer dans la chambre pour papoter entre filles. Stoïque, Dalia entreprend de moudre du café pendant que je verse du sirop sur les *kunafay*.

La famille réunie dans le salon est hypnotisée par une série télé espagnole, traduite en arabe. Chez nous, il n'y a que quatre chaînes et toutes s'interrompent à minuit. Les programmes se composent essentiellement d'émissions religieuses et d'informations, et les films sont si rares qu'ils attirent à chaque fois une très large audience. Une fois que nous avons rempli les assiettes et servi le café, nous prenons place sur une causeuse près de Diana. Tout le monde a les yeux rivés sur le petit écran et enfourne machinalement des bouchées de *kunafay*. Il faut attendre la première pause publicitaire pour qu'on daigne enfin nous dire ce qu'on pense de notre gâteau. Le premier à rompre le silence est Mohammed. Comme à son habitude, il ne peut s'empêcher de me taquiner en prétendant que ma cuisine est tellement mauvaise qu'elle va l'envoyer aux Urgences. Chacun s'esclaffe et je riposte sur le même ton, enhardie par l'ambiance décontractée qui règne habituellement les soirs de *shira*. Je suis si peu habituée à plaisanter avec un homme étranger à ma famille que j'apprécie la familiarité dont je peux parfois faire preuve avec les frères de Dalia que je connais après tout depuis l'enfance.

— Le résultat est assez bizarre, attaque Mohammed, mais il faut reconnaître que leur cuisine s'est pas mal améliorée depuis qu'elles s'entraînent tous les jeudis. Si je ne les connaissais pas aussi bien, je jurerais qu'elles ont décidé de nous empoisonner. Après tout, c'est peut-être un complot...

Le mot résonne en moi comme un signal d'alarme. Je me raidis.

— Parlez pour vous. Pourquoi voudrait-on faire du mal aux autres ? dis-je en riant, inquiète de l'ironie que j'ai perçue dans sa voix.

— Je suis sûr qu'en y réfléchissant bien, je finirai par trouver une raison pour expliquer votre animosité envers moi. Les gens auraient du mal à me croire, riposte-t-il.

Mon sang se glace. Son discours n'a plus rien d'une innocente plaisanterie.

Heureusement, avant que j'aie le temps de répondre, le père de Dalia intervient dans la conversation.

— *Yaba*, allez faire du thé, ordonne-t-il.

Dalia et moi ramassons les assiettes en hâte et retournons à la cuisine.

— Combien de temps crois-tu qu'ils vont rester ? dis-je dans un murmure à Dalia en apportant la théière dans le salon.

À notre entrée, Mohammed et Nasar se lèvent. Les autres sont toujours plongés dans le soap opera espagnol.

— Vous ne voulez pas de thé ? dis-je, étonnée, aux deux garçons.

— Nous allons nettoyer le pick-up, me répond Mohammed en quittant la pièce.

— Les filles, soyez gentilles d'aller faire un peu de limonade et allez leur servir dehors, lance la mère de Dalia lors de l'interruption publicitaire suivante.

Nous nous empressons de sortir : Mohammed et Nasar, la tête plongée dans le coffre, sont en train de frotter la moquette du véhicule. Des fragments de leur conversation parviennent jusqu'à nous.

— Il n'y a que deux endroits à Amman où on trouve ce genre de choses, affirme Nasar avant d'ajouter, c'est probablement un de tes amis qui les a laissés. Tu passes ton temps à les balader en ville.

En nous voyant approcher, Mohammed se redresse et contourne le pick-up pour prendre son verre. En arrivant à ma hauteur, il laisse tomber une petite poignée d'aiguilles de pin à mes pieds. Une poussée d'adrénaline monte en moi. La peur m'étreint brusquement. Dalia aussi a remarqué son geste. Le parc. Le pique-nique. Les aiguilles ont dû s'accrocher aux couvertures, à nos chaussures ou à nos sacs à ouvrage. Oh, Seigneur ! Oh, Seigneur ! Nous restons de marbre mais nos cœurs bondissent dans nos poitrines. Nous nous ruons dans la maison.

— Mon Dieu, Norma ! Tu as vu, me lance Dalia, paniquée.

— Oui. Mais tu as entendu aussi ce que disait Nasar. Il croit que c'est un des amis de Mohammed qui les a fait tomber. Ne t'inquiète pas, dis-je en m'efforçant de paraître calme.

— Que veux-tu dire par « ne t'inquiète pas » ? Oh, mon Dieu ! C'est horrible, horrible.

— Il n'y a pas de quoi se réjouir mais de là à dire que c'est horrible... Mohammed transporte tous ses amis dans sa voiture, il va sûrement oublier.

Nous passons l'heure qui suit, assises droites comme des I, jusqu'au départ de Nasar et Diana, craignant à chaque instant de voir arriver Mohammed, les mains chargées d'aiguilles de pin. Ne voyant rien venir, nous en déduisons qu'il a adopté la théorie de Nasar. Et que nous ne craignons plus rien.

Plus tard, dans la chambre de Dalia, cet incident n'est plus qu'un lointain souvenir et nous en rions de bon cœur. Notre esprit est déjà accaparé par un sujet plus important : Michael.

— Il pense pouvoir nous procurer des visas pour Londres ou la Grèce. Il a des amis là-bas qui pourront nous loger en attendant qu'on soit installé, m'annonce Dalia.

— C'est merveilleux ! Vous allez pouvoir vous marier, dis-je en essayant de faire bonne figure. Tu me manqueras énormément mais tu dois accepter.

— Non, tu ne comprends pas. Il cherche des visas pour nous trois !

— Quoi ? Tu es sûre ? Il t'a vraiment dit ça ? Oh mon Dieu ! Je peux venir avec toi ? Non, ce serait trop beau. Mais que vont dire ses amis ? Je ne vois pas pourquoi ils s'encombreraient de moi...

— Il leur a déjà parlé et ils sont d'accord. Tu dois partir avec nous. De toute façon, je n'irai pas sans toi. S'il te plaît ! Dis-moi que tu viendras. Nous serons libres. On a tous les trois des économies, il n'y a aucun problème.

— Dalia ! Ce n'est pas si simple. Cela signifie émigrer dans un pays étranger, parler une nouvelle langue, apprendre de nouvelles coutumes, rencontrer des gens différents. Trouver un nouveau travail.

— Allez, Norma, quand on le veut vraiment, on arrive à tout.

Son optimisme est tellement contagieux que j'éclate de rire. La liberté ! Enfin !

— Rien ne me fera plus plaisir que d'être exilée dans un pays étranger, sans un sou, avec toi et Michael. Je suis partante !

— Tu le penses vraiment ?

— Oui !

Je la saisis par les épaules et plante mes yeux dans les siens.

— Tu crois que je vais te laisser t'enfuir toute seule ? dis-je avec fermeté. J'étais si inquiète à l'idée que tu partes et de ne jamais te revoir. Et voilà que tu m'apprends qu'on va s'en aller ensemble. C'est la meilleure nouvelle que j'ai reçue de toute ma vie.

L'épisode des aiguilles de pin a disparu comme par magie dans un coin de notre tête. Notre esprit est déjà tellement tourné vers l'Angleterre et la Grèce que j'ai l'impression de sentir les billets d'avion et les visas entre mes doigts. Quand mon père arrive pour me ramener à la maison, j'arbore une mine impassible. L'avenir nous sourit, et sous mon air de jeune fille comme il faut, mon âme vibre à cette perspective.

15

Fin septembre, Dalia retourne au Zai National Park pique-niquer une nouvelle fois avec Michael. À cette occasion, elle l'informe de ma décision de les suivre à l'étranger. À son retour, transfigurée par son rendez-vous qui s'est de nouveau soldé par un baiser, elle me presse de mettre sur pied notre départ. Les choses sont plus difficiles que nous l'avions imaginé. Des centaines d'éléments, logistiques ou autres, doivent être pris en compte et nos journées se passent en discussions fébriles. Pour compliquer la situation, nous sommes au début du Ramadan. Dalia le suit au pied de la lettre et pour lui faciliter la vie, j'évite comme elle de boire ou manger durant la journée. Bien que la période ne soit pas chômée, la plupart des entreprises et des administrations sont fermées ou pratiquent des horaires aménagés, et nous avons un mal fou à trouver les renseignements nécessaires à notre départ.

Finalement, comme Michael possède de nombreux contacts dans les ambassades et les officines gouvernementales, nous décidons de réunir les papiers nécessaires et de les lui remettre. C'est là qu'intervient le premier couac. N'étant jamais sorties de Jordanie, nous n'avons pas de passeport, condition sine qua non pour obtenir un visa. Sans passeport, pas de visa et sans visa, pas de billet d'avion. Cette question tourne bientôt à l'obsession. D'autant que dans notre pays, les démarches sont encore plus difficiles pour les femmes. On leur demande de produire trois papiers : un certificat de naissance, une carte d'identité avec photo et le livret de famille qui bien évidemment se trouve aux mains du chef de famille, c'est-à-dire le père. Dans ce système, aucune femme ne peut voyager sans le consentement de ses parents. Les hommes, quant à eux, n'ont que deux documents à fournir, le certificat de naissance et la carte d'identité.

Les semaines passent et le problème reste insoluble. Comment récupérer le livret de famille sans que nos familles le sachent ? Et dans le cas où nous y parvenons, comment éviter que le service des passeports ne leur téléphone suite à notre demande ?

C'est pendant cette période que Dalia commence à changer. Depuis quelques jours, sa gaieté s'est évanouie pour laisser place à l'anxiété et à la peur. Je mets d'abord cela sur le compte de la nervosité même si elle tente de me persuader du contraire. À la suite de l'épisode des aiguilles de pin, elle n'a pas arrêté de surveiller Mohammed, traquant le moindre indice. Voilà qu'aujourd'hui, elle affirme qu'il a tout découvert. Je suis tellement absorbée par les préparatifs de notre fuite que je ne fais pas attention à ses soupçons.

— Norma, je suis absolument sûre que Mohammed sait quelque chose. Il n'est plus le même ces derniers temps. Je suis vraiment inquiète, me dit-elle.

— C'est impossible, Dalia. Tu es simplement anxieuse à cause de cette histoire de visa... C'est normal !

— Je ne te parle pas de ça. Bien sûr que ça m'embête, mais je te jure que Mohammed a un étrange comportement. Il me regarde d'un autre œil.

J'entreprends de lui résumer toutes les victoires que nous avons remportées depuis qu'elle a rencontré Michael, histoire de lui rendre confiance, mais plus je parle et plus sa nervosité s'accroît. J'essaie de la convaincre que sa relation amoureuse la rend plus vulnérable émotionnellement, qu'elle se sent peut-être coupable de s'être laissé embrasser, que ce projet de départ la rend paranoïaque. Elle ne m'écoute pas et répète sans cesse que je me trompe. Pour la calmer, je décide de reporter les démarches en cours mais rien n'y fait.

En l'espace de quelques jours, elle devient une véritable épave et s'enfonce dans la dépression. Elle s'alimente mal et perd le sommeil. Je ne l'ai jamais vue ainsi. Elle est obsédée par les aiguilles de pin que Mohammed a trouvées dans sa voiture et reste persuadée qu'il nous soupçonne depuis ce jour-là, même s'il n'en a rien dit. Je n'arrive pas à me ranger à son avis : si son frère s'était douté de quelque chose, il nous en aurait parlé. Au salon, son attitude envers nous n'a pas changé mais bien sûr cela ne signifie rien. Il n'est pas du genre à se comporter différemment en public, quels que soient ses soupçons par ailleurs.

Je continue à croire que la transformation de Dalia est due à notre projet de départ. C'est une décision grave, il est normal qu'elle soit perturbée.

16

L'humeur de Dalia s'aggrave de jour en jour. Depuis que je la connais, je l'ai toujours vue garder son sang-froid, sans trahir les émotions qui l'habitent mais cette fois, elle perd de toute évidence le contrôle d'elle-même. Le dimanche, alors qu'elle refuse de venir chez moi dans l'après-midi, je commence franchement à m'inquiéter. Mais ce n'est rien à côté du lendemain, quand nous débarquons au salon.

— Dalia, tu as vraiment l'air fatiguée. Tu as dormi au moins ? dis-je, alarmée.

— Non, je n'y arrive pas. Il se passe quelque chose d'étrange à la maison. J'ai tellement peur que je n'arrive plus à réfléchir, réplique-t-elle.

— Tu te fais du souci pour rien, je t'assure. Je ne sais plus quoi faire pour te convaincre.

J'ouvre la porte du magasin et la précède dans l'arrière-salle. Tandis que je prépare du café, elle se jette sur le canapé et pousse un soupir exaspéré.

— Je n'exagère pas, Norma. Sais-tu ce qu'a fait Mohammed hier ? dit-elle en se redressant. En me voyant partir à pied pour chez toi, il a insisté pour m'accompagner. Il a refusé de me laisser sortir seule.

Et puis, il n'arrête pas de me poser des questions sur nos rendez-vous au salon. Il veut connaître les heures exactes et le nom des clients. C'est pour ça que je ne suis pas venue, hier.

— Je crois que tu interprètes tout de travers. Il cherche seulement à aménager au mieux son emploi du temps, dis-je en lui versant du café et en la rejoignant sur le canapé.

Elle saisit une cigarette entre ses doigts tremblants, la porte à ses lèvres et inhale la fumée comme si cela pouvait lui donner la force de continuer.

— Non, tu te trompes. Avant, il ne m'a jamais demandé ce genre de renseignements. Ça fait combien d'années que je viens chez toi à pied le dimanche ? gémit-elle avec une tension qui fait peine à voir. Pourquoi insiste-t-il aujourd'hui, pour me conduire en voiture ? Pourquoi ? Moi, je connais la raison. Il sait tout ! Voilà !

On dirait qu'elle cherche absolument à ce que je confirme ses soupçons, au risque d'en perdre la tête.

— Calme-toi. Je suis sûre qu'il y a une explication plus simple. Peut-être avait-il prévu de sortir et de passer devant chez moi en voiture ? Tu es tellement nerveuse que tu interprètes tous ses faits et gestes. Tu as vraiment besoin de te détendre. Pourquoi ne passes-tu pas la journée dans la salle de repos ? Dors un peu. Je m'occuperai de tes rendez-vous ou je les reporterai.

— Non, je ne peux pas. Il faut que je découvre ce qu'il sait. Sinon je vais devenir folle. Cela fait des jours que je ne peux penser à rien d'autre. Nous devons trouver ce qu'il manigance, dit-elle en allumant une deuxième cigarette.

— Dalia, s'il te plaît ! Repose-toi aujourd'hui et je te promets qu'on trouvera un moyen. Je te le jure.

Sur ces mots, je la laisse dormir un peu et rejoins le salon pour préparer mon premier rendez-vous de la journée. Mes pensées reviennent sans cesse à Dalia, pelotonnée sur son canapé. Elle a tellement changé en quelques jours. Il doit bien y avoir une façon de lui rendre sa joie de vivre. À intervalles réguliers, Dalia pousse la porte de l'arrière-salle et vient faire les cent pas dans la boutique, en jetant des coups d'œil désorientés sur le salon comme si elle ne l'avait jamais vu de sa vie. À chaque fois, je l'attrape gentiment par le bras et la reconduis dans la salle de repos en priant pour que Mohammed reste absent le plus longtemps possible. S'il la voit dans cet état, il va vraiment finir par se poser des questions et pour elle, ce sera le coup de grâce.

J'annule la plupart des rendez-vous de la journée pour être disponible si elle a besoin de moi. J'ai l'impression de la voir se noyer sous mes yeux dans un océan de peurs et de souffrances. Jour après jour, sa phobie l'entraîne loin de moi. Sa terreur est telle que je ne peux plus l'atteindre. On dirait qu'elle m'a chassée de sa vie. Pour la première fois en vingt ans, un fossé infranchissable nous sépare et cela me terrifie. Jusqu'à l'arrivée de Mohammed, je fais tout mon possible pour la réconforter et la supplie surtout de prendre sur elle sur le chemin du retour. Je lui promets d'enquêter sur les informations dont dispose son frère. Mais je sais déjà que l'urgence est de la convaincre qu'il n'est au courant de rien. Sinon, elle y perdra la raison. Soudain, une idée me traverse l'esprit. Une idée folle que je refuse inconsciemment depuis longtemps ; et si elle disait vrai ? Si sa paranoïa était justifiée ? Elle connaît bien Mohammed, ils partagent la même maison. Après tout, c'est la première fois qu'elle met sa vie en danger pour un amour interdit. Je garde le silence mais la panique me gagne. Comme si l'ombre de sa terreur s'étendait brusquement sur moi.

17

Le mardi suivant, après des mois passés dans une fournaise sans air avec des températures quotidiennes au-dessus de quarante degrés, je me réveille avant l'aube au son du chant des muezzins qui appellent les fidèles à la prière.

« *La illaha illa Allah Mohammed Rasul Allah* » est diffusé par les haut-parleurs des mosquées dans Amman et les banlieues environnantes.

J'ai passé la moitié de la nuit à lutter avec mes pensées funestes en m'agitant entre mes draps et j'accueille avec joie la brise du matin. C'est signe que la vague de chaleur a enfin desserré son étau sur la ville. Les brusques rafales de vent qui pénètrent dans ma chambre par mes fenêtres ouvertes et le souvenir de ma conversation téléphonique de la veille au soir avec Dalia me font frissonner. Alors que je repense aux heures et aux mois passés à encourager sa relation naissante avec Michael, une vague de panique s'empare à nouveau de moi, me coupant la respiration. Et si ses soupçons n'étaient pas dus à sa paranoïa et à son sentiment de culpabilité ? Et si c'était pour fuir la réalité et les dangers qui pèsent sur elle que je refusais de reconnaître ses craintes ? J'éprouve brusquement une folle envie de lui parler. Son coup de téléphone d'hier soir a pris une toute nouvelle dimension. Je m'efforce de me souvenir du ton de sa voix et essaie désespérément d'analyser chacune de ses phrases.

— Bonsoir, Norma, a-t-elle dit. Tu as le temps de parler une minute ?

— Bien sûr ! Que se passe-t-il ? Tu as l'air bouleversée.

— Je suis inquiète, Norma. Vraiment inquiète. Mohammed devient de plus en plus bizarre et voilà maintenant que mon père se conduit étrangement, lui aussi.

— Que veux-tu dire ?

— Il est venu dans ma chambre il y a un instant pour s'assurer que je faisais mes prières du soir selon le *Sala*[1]. Puis il m'a expliqué que je n'aurais pas à faire le petit déjeuner demain matin.

— En effet, c'est curieux, mais il y a sûrement une explication.

— Je pense qu'ils sont au courant de quelque chose. Mon père ne m'a pas parlé du *Sala* depuis mes seize ans. Quant à Mohammed, il m'évite depuis deux jours. Quand nous nous croisons, il me lance un regard méchant. Pourquoi à ton avis ? Nous n'avons jamais été proches mais jamais il ne m'a traitée comme cela.

— Du calme, Dalia ! Personne ne sait rien. Détends-toi et va te coucher. Tu es un peu para-

---

1. Le rituel des cinq prières quotidiennes (voir chap. 7).

noïaque et tu n'as pas dormi depuis une semaine. Je suis sûre que tu te fais des idées. Mohammed est peut-être de mauvaise humeur et il se venge sur toi. Ton père a dû remarquer comme moi que tu es très fatiguée et il veut te dispenser de corvées.

— Norma, s'il te plaît ! Je ne suis ni folle ni paranoïaque. Quelque chose ne tourne pas rond ici, je le sens.

— Dalia ! Arrête et va te reposer. Tout te paraîtra différent demain matin, tu verras ! On en reparlera dans la matinée.

— Oh, Norma ! J'ai si peur. Je ne peux pas dormir.

— Dalia ! Il faut que tu dormes. Tu vas te rendre malade. Je suis sûre que ce n'est pas ce que tu crois. Je ne vois vraiment pas comment ils pourraient être au courant... Alors, je t'en prie, calme-toi.

— J'espère que tu as raison, Norma, mais je sais qu'il se passe quelque chose d'anormal. Je voudrais pouvoir partir d'ici immédiatement.

— *Yalla ya gazallae*, essaie de te changer les esprits et va te coucher. On se voit demain matin comme d'habitude.

— *In sha allah ya hillweh*, lance-t-elle avant de raccrocher à contrecœur.

Tout en me remémorant cette conversation, je saute du lit et m'habille à toute allure. J'attrape une veste en toile légère, et après m'être dispensée des corvées domestiques en prétextant un léger malaise, je cours m'installer sur la véranda, les yeux braqués sur la maison de Dalia. L'anxiété et les craintes qu'elle a désespérément tenté de me communiquer pendant les deux derniers jours me montent à la gorge. Je n'arrête pas de consulter ma montre, impatiente de voir la prochaine demi-heure s'écouler. Dans une tentative futile de me changer les idées, j'essaie de me concentrer sur le panorama qui s'étend à mes pieds, sur l'histoire de cette ville fantôme qui s'est transformée au fil du temps en métropole animée.

Amman s'étend aujourd'hui sur dix-neuf collines (*jebels*) bien qu'il y en ait eu sept à l'origine. De ma maison située sur les hauteurs de Jebel Hussein, j'ai une vue dégagée sur toutes les rues en contrebas et sur les coteaux environnants. À perte de vue, des centaines et des centaines d'immeubles carrés en béton gris, séparés par des routes et des minarets qui s'élèvent au-dessus des habitations qui paraissent sans vie. Le soleil s'est levé il y a quelques heures et s'acharne à percer le voile sablonneux qui recouvre la ville. Quelques voitures se dirigent vers la bretelle d'accès menant à la Route des Rois, avant le premier pic de circulation. J'aperçois des ménagères étendre le linge sur les toits et battre les tapis. Bientôt les écoliers envahiront les rues et leurs rires et leurs bavardages dissiperont la quiétude du matin.

Je consulte à nouveau ma montre, en proie à l'anxiété. Elle devrait déjà être là, me dis-je. D'autant qu'elle n'a pas à faire le petit déjeuner aujourd'hui. Qu'est-ce qui peut la retarder ? Notre dernière conversation me laisse penser qu'elle devrait être pressée de quitter sa maison et de me parler. Mon inquiétude monte d'un cran.

Je me mets à faire les cent pas sur la terrasse en

jetant des regards angoissés dans Khalid bin al-walid Road. À neuf heures moins le quart, je me surprends à voir Dalia à chaque silhouette, d'homme ou de femme, qui remonte la rue. Vers neuf heures moins cinq, mon angoisse me noue le ventre. Chaque seconde qui passe me semble une éternité. Je cours vers la maison et me rue sur le téléphone comme sur une bouée de sauvetage. Je compose son numéro d'une main tremblante en me trompant à deux reprises. Je prends une grande inspiration et recommence... Enfin ! Ça sonne ! Un coup, deux coups... J'ai l'impression qu'il s'écoule une journée entière entre chaque sonnerie. Au bout de la sixième, je dois me rendre à l'évidence. Il n'y a personne. Peut-être est-elle déjà en route pour ici ? Mais alors, où est sa mère ? Est-il possible que toute la famille se soit absentée ? Non ! Dalia m'aurait appelée pour m'annoncer qu'elle ne viendrait pas. Peut-être dort-elle encore et personne n'a entendu le téléphone ? Impossible. Elle ne manque jamais ses prières du matin. Et si elle était malade ? Après tout, elle n'a ni mangé ni dormi de la semaine. Mais j'ai beau tourner et retourner la question dans ma tête, je sais que Dalia m'aurait prévenue de son retard. Ce n'est pas son genre d'oublier de téléphoner.

Vers neuf heures, je suis au bord de la crise de nerfs – une vraie bombe ambulante – et dans l'incapacité de me conformer au règlement. Je fonce sur la porte d'entrée, manque de bousculer mes parents, et m'élance dans la rue sans écouter les cris de mon père qui m'ordonne de revenir. En temps normal, jamais je n'aurais fait une chose pareille. Je sais ce que j'encours en quittant la maison sans sa permission. Il m'a fallu des mois de supplications constantes pour obtenir son autorisation de faire à pied le matin avec Dalia les quelques centaines de mètres qui me séparent du salon. Cet acte de rébellion est une première. Mon père est si choqué par mon attitude qu'il ne réagit pas : il s'est pétrifié.

Je descends en courant la rue qui mène chez Dalia. À chacun de mes pas, le bitume semble s'allonger devant mes yeux. Le son lointain d'une sirène se répercute entre les maisons et plus je me rapproche de chez elle, plus elle paraît puissante. Je tourne au coin de Nablus Street et m'engage dans Khalid bin-al walid Road. Une ambulance, gyrophare allumé, est garée devant son domicile. Je m'arrête brusquement. Mes jambes se mettent à trembler et je crains qu'elles se dérobent sous moi. Une vague de terreur me traverse le corps et mon cœur s'arrête de battre un instant. Ma peur me commande de faire demi-tour mais mon inquiétude pour mon amie est si forte qu'elle me propulse en avant.

« S'il vous plaît ! Seigneur, faites qu'elle aille bien ! » Cette phrase danse dans ma tête tandis que j'essaie de me convaincre que le véhicule d'urgence est venu chercher un de ses voisins. Lorsque j'arrive devant la maison, il démarre aussitôt, sirènes hurlantes, et je comprends qu'il y a quelqu'un à l'intérieur.

La porte d'entrée de Dalia est ouverte et des dizaines de curieux sont penchés par-dessus leurs balcons, contemplant la scène. Ils n'ont pas l'air angoissé. À voir leurs mines intriguées, je sais déjà que le passager de l'ambulance appartient à la famille de Dalia. Je grimpe quatre à quatre les marches du perron et me précipite dans le salon. Il y règne un calme effrayant et une tension si épaisse que je peux presque la toucher.

La mère de Dalia et ses quatre frères sont assis, à distance les uns des autres. Um Suhal relève la tête et me lance un coup d'œil. Ses yeux sont rouges et gonflés. Puis elle baisse le nez, enfouit son visage entre ses mains et commence à se balancer d'avant en arrière en luttant visiblement pour retenir ses larmes. Elle est la seule à exprimer une émotion. Ses fils, que je connais pourtant depuis toujours, ne daignent pas remarquer ma présence. Mohammed, qui a dû passer des milliers d'heures avec nous au salon, depuis six ans, ne jette même pas un regard dans ma direction.

Pendant un instant, je parviens à me convaincre qu'il a dû arriver quelque chose à Mahmood, le père de Dalia. À voir le chagrin d'Um Suhal, ce doit être très grave. Mais à l'instant où je m'apprête à ouvrir la bouche pour poser une question, Mahmood apparaît dans l'encadrement de la porte. Cette fois mes jambes se dérobent sous moi et je tombe à genoux. Je sais maintenant que c'est Dalia qui se trouvait dans l'ambulance. Je tente de rassembler mes forces et d'encaisser le choc. Ma bouche est si sèche qu'il me semble impossible de parler. Mes mains tremblent comme des feuilles et j'ai la tête qui tourne. Pourtant, je dois savoir. Savoir. Cette obsession m'aide à trouver les mots.

— Que s'est-il passé ? Où est-elle ?

Le père de Dalia est le seul à prendre la parole.

— Tu veux que je te dise où elle est ? À la

place qu'elle mérite ! Voilà où elle est ! lance-t-il avec colère.

— Que voulez-vous dire ? Qu'est-il arrivé ?

Voyant qu'il ne répond pas, je réitère ma question :

— Où est-elle ?

— Ne t'inquiète pas ! Si je découvre que tu étais au courant ou que tu l'as aidée d'une façon ou d'une autre, tu la suivras bientôt, hurle-t-il.

Son regard glacé, inhumain, et la méchanceté de ses propos me laissent entrevoir la vérité mais je dois poursuivre. Je dois savoir.

— La suivre ? S'il vous plaît, dites-moi ce qui s'est passé ? Dites-moi où ils l'ont emmenée ?

Je le supplie maintenant.

— Ce qui est arrivé est la volonté de Dieu ! Qu'est-ce qu'elle croyait ? Que ma maison était un bordel ? aboie-t-il, hors de lui.

— De quoi parlez-vous ?

— D'elle et de ce catholique ! Voilà de quoi je parle. Combien de temps pensiez-vous pouvoir me le cacher ? Depuis combien de temps me déshonore-t-elle, moi et mon nom ?

— Je ne sais pas à quoi vous faites allusion. Vous vous êtes trompé. Dalia ne vous a jamais fait honte. Jamais elle n'aurait fait une chose pareille. S'il vous plaît ! Dites-moi ce que vous lui avez fait. Est-ce qu'elle va bien ?

— J'ai nettoyé ma maison, voilà ce que j'ai fait. J'ai supprimé la branche pourrie pour retrouver l'honneur de mon nom. À partir de maintenant, je défends à quiconque de prononcer le sien. Je n'ai jamais eu de fille ! Compris ? crie-t-il en me fixant d'un air farouche avant de poser son regard sur les membres de sa famille.

— S'il vous plaît ! Vous avez fait une terrible erreur. Elle ne vous a jamais déshonoré et elle ne le fera jamais. Dites-moi simplement si elle va bien. S'il vous plaît, laissez-moi voir Dalia !

— Il n'y a pas de Dalia ici ! Maintenant va-t'en et ne mentionne plus jamais ce prénom devant moi.

On dirait qu'il parle une langue étrangère mais ses mots passent en boucle dans ma tête. J'ai compris que Dalia est morte, qu'il l'a tuée mais je ne peux pas l'accepter. J'essaie de me montrer forte. J'essaie vraiment. Je fais tous les efforts du monde pour me délivrer de ce que je viens d'entendre, pour endosser l'oripeau d'une simple spectatrice. Je ne parviens pas à m'extraire de la réalité. J'ai toujours su le risque qu'elle encourait, mais la menace était restée abstraite. Et cette dernière s'était évanouie au fil de nos succès.

Je ne suis pas préparée à affronter l'horreur. Je ne sais pas comment faire pour vivre avec. La fureur que je ressens m'échappe dans un cri :

— NON ! Je ne partirai pas ! Je veux Dalia ! Vous m'entendez ? J'ai dit Dalia ! Elle est votre fille ! Comment pouvez-vous nier son existence ? Je ne partirai pas sans Dalia !

Je hurle comme une hystérique tandis que des larmes coulent sur mes joues. Je me mets à sangloter. Comme tant de femmes arabes au cours des siècles avant moi...

Avant que j'aie le temps de me reprendre, mes parents entrent dans la pièce en courant. Je ne les ai pas vus arriver mais j'aperçois soudain mon père debout près de celui de Dalia. Il lui serre la main, et dans son ombre, la voix de ma mère qui répète comme une litanie :

« *Min isnaq ya siddi, min isnaq.* »

Elle le supplie d'excuser ma conduite. Je ne peux en croire ni mes yeux, ni mes oreilles. Comment ! Ils n'ont même pas le réflexe de courir auprès de leur fille, malade de chagrin. Ma rage est telle que, sans réfléchir, je me rue sur mon père et sur Mahmood, pour les séparer. Et je crie :

— Ne lui serrez pas la main ! Il l'a assassinée ! C'est un meurtrier ! Ses doigts sont couverts de sang innocent !

Un silence pesant tombe sur l'assemblée. Mon père se fige, interloqué, ma mère me saisit dans ses bras et me serre contre elle. Instantanément, elle reprend son flot d'excuses, quêtant le pardon de Mahmood.

— S'il vous plaît, monsieur, je vous supplie de lui pardonner. Je suis désolée de sa conduite. Elle ne pense pas ce qu'elle dit. Elle est en état de choc et ne voit pas la portée de ses paroles. Excusez-la, s'il vous plaît, répète-t-elle en m'entraînant vers la porte.

Mon père ne bouge pas d'un pouce et j'entends Mahmood lui dire :

— J'ai nettoyé ma maison et je vous conseille de vous assurer que la vôtre est propre. Je ne sais pas si Norma est impliquée dans cette affaire. En tout cas, j'ai fait ma part du travail et je vous ai prévenu contre votre fille.

Avant que mon père puisse répondre, je me

dégage de l'étreinte de ma mère et m'élance vers Mahmood. Je veux le regarder droit dans les yeux en lui disant ce que j'ai à lui dire :

— Dalia ne vous a jamais déshonoré. C'est vous qui avez jeté la honte sur votre famille. Vous avez transformé votre maison en repaire de criminel. Son sang innocent a éclaboussé et taché votre nom, vos mains et votre âme à jamais. Je n'aurai pas de repos tant que sa mort ne sera pas vengée. Vous paierez pour ce crime gratuit ! Vous êtes un assassin et il n'y a aucun honneur à cela !

Tandis que ma mère se précipite sur moi, en bredouillant des excuses inintelligibles, mon père me saisit par le bras, me fait voltiger et me gifle en pleine figure. Puis il me pousse dans les bras de sa femme en lui ordonnant de me faire sortir immédiatement.

J'ai toute conscience de la gravité de mes propos et je les revendique entièrement. Je sais que des centaines de femmes ont été tuées pour moins que cela. Le crime d'honneur fait partie du Moyen-Orient depuis toujours. Il y est enraciné plus profondément encore que les religions. Avant la naissance du christianisme et de l'Islam, quand l'Arabie était peuplée et gouvernée par les tribus nomades, le pouvoir d'un cheikh résidait dans son honneur. La Bible et le Coran sont pleins de récits de femmes lapidées et assassinées pour avoir menacé la dignité des souverains mâles. Les habitants du Moyen-Orient, les chi'ites et les musulmans sunnites, ainsi que les différentes sectes chrétiennes qui le peuplent aujourd'hui, croient toujours en l'importance de l'honneur masculin. Toute action commise par une femme perçue comme un manque de respect envers les hommes et les traditions mérite la mort. L'exige !

Je sais qu'en parlant de cette façon à un homme, je vais au-devant de ma propre perte. Mais mon esprit est obnubilé par une seule chose : venger la mort de ma meilleure amie.

De retour dans la rue, je refuse à nouveau la réalité. C'est peut-être un cauchemar. Je vais me réveiller. Je dois voir Dalia. Je dois la rejoindre. Après un instant de réflexion, je réalise que l'ambulance a dû l'emmener au Palestine Hospital sur Queen Alia Street, puisque c'est le plus proche. Je supplie ma mère de me laisser y aller mais elle refuse. Elle s'accroche à mon bras avec une force implacable tout en m'exhortant au calme.

Elle ne cesse de me répéter, dans un murmure implorant :

« Si tu ne contrôles pas tes paroles, tu risques d'être tuée. »

Je comprends qu'elle a trop peur de la réaction de mon père pour me laisser partir mais je ne suis pas en mesure de l'écouter. Je refuse de perdre du temps à m'expliquer et à supplier. Mon père aura tout le loisir de me punir une fois que je serai rentrée à la maison. Je sais qu'il le fera, mais pour l'instant, cela m'importe peu.

Alors, je me libère de la poigne de ma mère et m'élance sur Al-Istiqlal Road pour trouver un taxi. Quelques minutes plus tard, le chauffeur freine brusquement dans l'allée circulaire qui mène au Palestine Hospital et je bondis de la voiture en lui criant de m'attendre s'il veut être payé. J'arrête la première infirmière que je croise et lui demande où sont transportés les patients arrivés en ambulance. Arrivée aux Urgences, je me jette sur un médecin en bredouillant le nom de Dalia. À voir son visage, je comprends qu'il est trop tard. Dalia était déjà morte avant son arrivée. Personne n'aurait rien pu faire, me dit-il. Elle a reçu douze coups de couteau dans la poitrine.

L'image de Mahmood brandissant un poignard taché de sang flotte devant mes yeux. Il est là, frappant et frappant encore, dans un geste de pure brutalité primitive. Une nausée me retourne l'estomac. Je ne me sens pas bien. Si j'avais su alors qu'après cet acte de folie, il avait attendu qu'elle soit condamnée avant d'appeler l'ambulance, je crois que je l'aurais tué.

Je supplie le docteur de me laisser la voir. Il accède finalement à ma demande et prie une infirmière de m'accompagner à la morgue. Tandis que l'ascenseur descend dans les sous-sols, je sanglote et les larmes coulent sur mes joues. Pourtant, je suis presque réconfortée de savoir Dalia dans cet hôpital où nous sommes nées toutes les deux. C'est comme si la boucle terrible de sa vie était enfin bouclée. Je m'engage bientôt dans un long couloir faiblement éclairé qui mène à une immense arrière-salle. Lorsque l'infirmière appuie sur l'interrupteur, je cligne des yeux, aveuglée un instant par les forts néons qui ronronnent au-dessus de nos têtes dans un cliquetis étrange, surnaturel dans ce silence surréaliste. Devant moi se trouvent quatre tables en acier immaculées. Sur trois d'entre elles, des corps recouverts d'un drap blanc. L'infirmière se dirige vers le plus proche et relève délicatement le tissu trempé de sang, découvrant le visage de Dalia. Je croyais être de taille à supporter cette vision mais rien n'aurait pu me préparer à ce que je découvre. Je sens la main de la nurse se poser sur la mienne. Une douleur aiguë me déchire la poitrine. Tous les sentiments que j'ai réprimés, toute la force que j'ai puisée pour affronter nos ennemis – les hommes arabes de Jordanie – me sautent à la gorge. Les sanglots m'empêchent de respirer. Dalia est couchée devant moi et malgré les éclaboussures de sang séché qui maculent ses traits parfaits, elle semble plongée dans un sommeil profond. Je me penche vers elle, l'embrasse tendrement et presse ma joue contre la sienne, inondant son visage de larmes glacées.

Je murmure contre son oreille :

— Je ne permettrai pas que tu sois morte en vain, ma douce. Je t'aimerai toujours.

Depuis le début de la matinée, le temps m'a semblé durer une éternité. Une éternité chaotique, suspendue à plusieurs reprises, mais les minutes qui me sont accordées auprès d'elle passent à une allure vertigineuse. Comme si elles s'étaient enfuies avant même que je puisse les vivre. Ici dans la morgue et au cours de l'existence que nous avons partagée.

Une fois que mon calme est un peu revenu, l'infirmière me demande de partir. J'emporte avec moi l'image du visage de Dalia, une image si nette qu'elle ne me quittera plus pour le restant de mes jours. En quelques heures, mon univers s'est écroulé. Et j'ai le sentiment déchirant d'avoir été jetée dans le désert et abandonnée pour y mourir.

18

Je me tiens debout sur le perron du Palestine Hospital, maudissant le vent glacial, que j'ai accueilli avec délectation quelques heures plus tôt, comme s'il avait apporté la dévastation dans ma vie. Mon destin, je le sais, ne sera plus jamais le même. Pendant des années, j'ai épousé sans un mot les rêves de démocratie et de liberté de Dalia, trop timide pour joindre ma voix à la sienne. Mon existence tout entière porte le sceau de la lâcheté. Je me suis conformée à des traditions auxquelles je ne croyais pas et j'ai dissimulé mes désirs d'indépendance derrière une façade de mutisme et de sourires. La mort gratuite de Dalia éveille en moi des sentiments longtemps réprimés. Si je veux être entendue, je ne peux plus cacher mes véritables émotions et mes convictions. En mémoire de Dalia, je me jure d'abolir le silence, de me répandre en hurlements audibles. Je n'aurai plus de cesse de réclamer la justice et l'égalité des droits.

Le premier obstacle m'attend à la maison. Même si je parviens à survivre – je sais qu'à cause de mon père, de mes frères et de ceux de Dalia ma vie est en danger – il me faudra escalader une montagne vieille de plusieurs siècles avant de pouvoir espérer le moindre changement. Les années de colère contenue se sont embrasées, un feu de rébellion brûle en moi. Un feu paisible mais durable.

Mon chauffeur de taxi, garé derrière une file de voitures, se met à klaxonner. Revenue à la réalité, je me précipite vers lui et me laisse tomber sur la banquette arrière. Je marmonne mon adresse, claque la portière et ferme les yeux en me repassant le film de ces derniers jours.

Dalia avait compris qu'il se passait quelque chose d'anormal et j'ai refusé de la croire. Elle a senti ce qui se tramait et j'ai voulu la convaincre qu'elle était paranoïaque. À l'instant de sa vie où elle a eu le plus besoin de moi, je n'ai pas répondu à son appel. J'essaie d'imaginer les sentiments qui l'ont habitée et la souffrance de ses dernières heures, puis, ses yeux emplis d'incrédulité devant le couteau brandi par son père. La folie me guette à force de penser à ce que j'aurais pu faire ou dire pour empêcher... Soudain, son visage m'apparaît. Un coup de poignard, douze coups répétés pour lui ôter la vie. Son rire, sa silhouette gracieuse... Jamais je ne les reverrai.

Lorsque le taxi s'arrête devant chez moi, j'ouvre les yeux brutalement et sors de la voiture en vacillant, comme en transe.

— Suivez-moi, dis-je aussitôt au chauffeur. Venez vous faire payer à la maison.

— *Khaliha alla Allah ya binty* (la course est gratuite, au nom d'Allah), bredouille l'homme, visiblement mort de peur.

Mais je tiens à ce qu'il m'escorte car j'ai besoin

qu'il confirme à mes parents où j'ai disparu pendant une heure. Je m'avance sur le perron et sonne. Mon père m'ouvre la porte. Son visage exprime la plus complète désapprobation et je comprends qu'il est choqué de me voir là en compagnie d'un homme. Je passe à côté de lui sans dire un mot et pénètre dans la maison, le laissant régler le chauffeur. J'ai l'impression d'être une étrangère sous mon propre toit. Je ne reconnais plus ce qui m'entoure et j'erre d'une pièce à l'autre, à la recherche d'un peu de réconfort et d'intimité. Finalement, je me réfugie dans ma chambre, ferme la porte et m'effondre sur mon lit, les genoux remontés contre ma poitrine en position fœtale. Mon courage cède et je me laisse engloutir dans un désespoir sans fond, sanglotant à perdre haleine dans mon oreiller.

Soudain, la porte de mon sanctuaire s'ouvre avec violence, heurtant le plateau de ma commode. Les bibelots que je collectionne depuis des années dégringolent par terre. Effarée, j'ouvre les yeux. Mon père se tient dans l'encadrement, les mains sur les hanches, les yeux brûlants de rage. Je me redresse lentement et me prépare à l'attaque.

— Je n'approuve pas la façon dont tu t'es comportée chez Mahmood. Tu t'es montrée irrespectueuse et je ne supporte pas que ma fille ait une mauvaise réputation, tonne-t-il.

Je presse mon oreiller contre moi et enfouis mon visage dedans.

— J'ai parlé à Mahmood et nous sommes prêts tous les deux à excuser ton attitude et à la mettre sur le compte du choc que tu as reçu en apprenant la mort de ton amie, poursuit-il. Mais avant toute chose, je dois savoir si tu es complice de l'acte déshonorant dont elle s'est rendue coupable.

Je reste silencieuse un instant tout en réfléchissant aux deux solutions qui s'offrent à moi. Je me sens l'obligation de défendre Dalia.

— Elle n'a rien fait de mal, dis-je doucement.

Cette simple parole décuple sa colère. Il fait un pas vers moi en criant avec méchanceté :

— Dalia a mal agi ! Elle a déshonoré sa famille en sortant avec cet homme. C'était une putain ! Et elle mérite le sort réservé aux putains ! Crois-tu pouvoir apprendre à ton père ce qui est juste ? Maintenant, je veux savoir si tu es impliquée dans cette trahison, m'ordonne-t-il.

— Tout le respect que j'ai pu avoir pour les hommes arabes et leurs coutumes est mort avec Dalia. Je refuse de renier mes convictions plus longtemps !

Je lève mes yeux sur lui avant de reprendre, toute soumission envolée :

— Je ne me tairai pas. Je ne permettrai jamais que mon silence la condamne. Dalia n'a rien fait de mal. Je la défendrai jusqu'au jour de ma mort. Si vous attendez de moi un aveu de culpabilité ou des détails pour justifier votre opinion et le geste de son père, vous allez être déçus. Ce que j'ai partagé avec Dalia restera à jamais entre nous. Elle a emporté ses secrets dans sa tombe et je ferai la même chose. Jamais je ne pourrais être d'accord avec vous. Et je n'accepterai jamais le crime de son père. C'est un meurtrier et en justifiant son geste, vous êtes son complice !

Mon cri s'étrangle dans ma gorge. Je hurle comme une possédée. D'un bond, il franchit les quelques mètres qui nous séparent et me gifle avec violence.

— Comment oses-tu me parler sur ce ton ! Comment oses-tu traiter Mahmood, cet homme juste et honorable, de meurtrier pour défendre une putain ! Je t'ordonne de me dire ce que je veux savoir, rugit-il en levant à nouveau la main, prêt à frapper encore.

Surgie de nulle part, ma mère fonce sur lui et lui agrippe le bras.

— *Mishan Allah* (pour l'amour de Dieu), arrêtez ! Laissez-la se reposer. Elle n'est pas dans son état normal. Pour l'amour de Dieu, partez. Vous reviendrez lui parler quand elle aura dormi un peu. Je vous en supplie, venez avec moi, s'il vous plaît ! Donnez-lui un peu de temps. Vous savez à quel point elle aimait Dalia. Elles étaient comme deux sœurs, inséparables depuis l'enfance. Laissez-la digérer le choc, je vous en supplie. Pardonnez-lui ses paroles. C'est la colère qui s'exprime par sa bouche. Ce n'est plus notre Norma. *La yumarie*, sur ma vie, pardonnez-lui et laissez-lui du temps, implore-t-elle.

Il se dégage d'un geste brusque et jette ma mère au sol avant de tourner sa colère contre elle.

— Éloigne-toi de moi, *ya mara* (femme). Je te conseille de ne pas te mêler de cette affaire. Tu veux me faire croire que son chagrin l'autorise à manquer à ce point de respect ? Se rend-elle compte que je lui ai donné la vie et que je peux la lui reprendre si elle continue dans sa provocation, hurle-t-il.

Ma mère lutte désormais pour sauver ma vie et la sienne. Elle sait que seuls des mots respectueux, prononcés avec calme sont susceptibles de l'atteindre et d'éloigner le danger de moi. Alors, elle se bat du mieux qu'elle peut, avec un courage impressionnant.

— S'il vous plaît ! Elle ne mesure plus les conséquences de ses paroles. Je vous en supplie, *ya habiby*, ne perdons pas notre fille pour quelques phrases hâtivement prononcées. Je suis sûre qu'une fois remise, elle les regrettera. Jusqu'à ce jour, elle ne vous a jamais manqué de respect. Cela vous prouve bien que ce n'est pas son cœur qui parle en ce moment, mais sa colère. S'il vous plaît, venez avec moi, dit-elle en se relevant et en lui tendant la main.

Ignorant son geste, il tourne les talons et s'avance vers la porte.

— Je lui accorde quelques heures de repos. Mais elle devra me faire des excuses et supplier Mahmood de lui offrir son pardon, lance-t-il avant de sortir de la pièce d'un pas rapide.

Ma mère s'assoit sur le bord de mon lit et m'attire à elle, pressant ma tête contre sa poitrine. Et tout en me caressant les cheveux, elle murmure d'une voix douce :

— *Ya binty, ya binty, hutie himlk ala allah, allah bi himlik* (ma petite fille, ma petite fille, remets tes soucis entre les mains de Dieu, il t'aidera à traverser cette épreuve).

Mais l'étreinte de ses bras et ses paroles ne m'amènent aucun réconfort.

— Je ne veux pas que Dieu m'aide à traverser cette épreuve, dis-je. Je veux qu'il m'emmène loin d'ici.

— Oh, Norma ! Mon bébé ! Si tu es impliquée dans cette histoire, il ne faut pas que ton père le sache. Jamais ! Je sais à quel point tu aimais Dalia, je l'aimais aussi et je ne peux pas supporter l'idée de te perdre de la même façon, dit-elle.

— Je ne peux pas me taire, maman. Si je le fais, je me montrerais aussi coupable qu'eux. Ne vois-tu pas que Dalia n'a rien fait de mal et qu'ils l'ont tuée quand même. Ils l'ont assassinée pour rien.

— Norma, tu ne peux pas continuer à la protéger ainsi. Qu'elle ait bien ou mal agi n'a plus d'importance. Pense à ce qu'elle voudrait. Elle ne souhaiterait pas que tu meures pour la défendre. S'il te plaît, Norma, tu dois t'excuser.

— Je ne peux pas ! Je ne veux pas ! Je refuse de la condamner en me rangeant à leurs côtés. Je ne l'ai pas fait quand elle était en vie et je serais damnée si je me renie maintenant qu'elle est morte !

— Norma, pense à ce que tu dis. C'est du suicide. Quel bien cela fera-t-il à Dalia ? Je ne te demande pas de t'excuser avec ton cœur mais seulement avec tes lèvres. Dieu et Dalia, eux, savent ce que tu caches au fond de toi.

— Maman, je ne suis plus la même personne. Je ne céderai pas devant la peur. Je ne renierai ni mon âme ni mes convictions. C'est la crainte et le silence qui les autorisent à agir ainsi. Combien d'autres Dalia vont mourir avant que quelqu'un se dresse devant eux ? Je dois me battre pour l'innocenter. Ma mort n'a pas d'importance. Je refuse de continuer à vivre dans le mensonge.

— Norma, mon cœur, tu n'es pas raisonnable. Que pourras-tu faire, une fois morte ! Je ne te demande pas de te renier, je te demande de rester en vie. Crois-tu que quelque chose changera si on t'enterre également ?

— Alors, tu préfères que je vive dans la dissimulation ?

— Non. Je préfère que tu vives. Un point c'est tout.

— Pour quoi faire ? Pour mener une existence de mort-vivante ? À quoi cela sert-il ? Quelle vie astu menée, toi ? Je refuse de passer les vingt ou trente prochaines années avec un sourire forcé sur les lèvres pendant que mon âme pleure des larmes de sang. Je ne veux pas vivre en attendant une liberté que je ne trouverai que dans la mort. Cette promesse nous a anesthésiées trop longtemps ! Je veux vivre libre, vraiment vivre, faire ce que je veux. Je veux croire à ce que je veux. Si cela ne m'est pas permis, alors c'est que je n'ai pas de vie.

— Ne me dis pas que ton existence ne peut pas être merveilleuse...

— Merveilleuse ! Tu veux dire comme la tienne ! Crois-tu que je ne devine pas ton cœur brisé derrière ton sourire ? Tu penses pouvoir me faire croire que tu es heureuse ? Je ne suis pas papa, ni mes frères. Eux ne voient rien parce qu'ils refusent d'ouvrir les yeux mais, moi je ne suis pas aveugle. N'as-tu jamais eu de rêves ? De besoins ? D'ambitions ?

— Bien sûr que si, répond-elle avec une tendresse particulière qui semble s'adresser à la jeune fille qu'elle a été. Nous traversons toutes une période de confusion mais nous apprenons vite où est notre place et quelles sont nos responsabilités. Tu le feras aussi. Ça passera, tout passera et...

— Non ! Je refuse ! J'ai des espoirs et des désirs. Dalia et moi avions les mêmes et aujourd'hui elle est partie. Mes liens envers ce pays et ces coutumes sont morts avec elle. J'ai soif de liberté et le but de mon existence est de venger son meurtre. Rien de ce qu'on pourra me dire ne me fera changer d'avis.

— *Habibati* (mon amour), je ne cherche pas à t'enlever tes convictions. Je veux seulement que tu restes en vie. J'ai fait ce que je pouvais pour te convaincre. Ton sort est maintenant entre tes mains. Mais comprends que s'ils pensent un instant que tu es impliquée dans cette affaire, je ne pourrai pas te sauver. Tu dois te calmer. Je sais que ce n'est pas facile et je prie Dieu pour qu'il te donne la force et la sagesse de choisir tes mots avec prudence. Je t'aime et je ne veux pas te perdre. Je suis sûre que Dalia refuserait que tu te suicides. Et c'est exactement ce que tu es en train de faire. Réfléchis bien, ma chère enfant. Laisse tes lèvres s'excuser et garde le feu qui brûle dans ton cœur. Il ne sert à rien de confier tes idéaux et tes passions à des sourds. Je t'en supplie ! Dis-leur ce qu'ils veulent entendre, et sauve ta vie. Allez, je vais te laisser te reposer.

Sur ces paroles, elle m'embrasse sur le front et quitte doucement la chambre en me laissant à mon chagrin. Ma mère ne saura jamais la compassion, l'amour et la tristesse que j'ai ressentis pour elle à cet instant.

Après son départ, je me rallonge sur le lit en réfléchissant attentivement à ce qu'elle vient de me dire. Je sais qu'elle a raison. Ma mort n'apportera rien à Dalia. Elle permettra seulement à Mahmood de s'en sortir. Et elle justifiera les accusations formulées contre sa fille. Non ! À partir de maintenant, il faut que j'applique leur règle du jeu. J'essaie de faire le vide dans mon esprit et de me détendre. Mon corps est crispé, mes muscles sont douloureux.

Soudain, je pense à Michael. Je dois le prévenir que Dalia a été assassinée. Qu'il est le prochain sur leur liste. Mais comment parvenir à le joindre alors que mon père surveille mes moindres faits et gestes ? Je viens de me rappeler... Pour que les parents de Dalia aient légalement le droit de le tuer, ils doivent connaître d'abord le résultat de l'autopsie pratiquée sur leur fille. S'il prouve qu'elle a eu des relations sexuelles, alors rien ni personne ne pourra sauver Michael. Mais si on découvre qu'elle était encore vierge, le père et les frères de Dalia prennent un gros risque en le mettant à mort.

Certaines familles outrepassent la loi et tuent « le responsable de leur déshonneur » sans se soucier des preuves médicales, mais je ne pense pas que celle de Dalia choisira cette voie. Je les connais depuis toujours et je suis persuadée qu'ils veulent étouffer cette affaire au plus vite. Mahmood ne tuera Michael que si l'autopsie prouve que Dalia a perdu sa virginité. Ce qui n'est pas le cas, je suis prête à le jurer.

Cependant, je n'ai pas de temps à perdre, Michael doit être informé du drame qui vient d'avoir lieu. Ce geste me coûte, mais c'est à moi de lui dire. À moi et à personne d'autre.

19

Je suis une des seules à vivre la mort de Dalia comme un drame personnel. Pour l'État et l'Islam, mon amie n'est plus qu'un corps destiné aux pompes funèbres.

Que s'est-il passé dans les quelques minutes, les quelques secondes qui ont précédé son assassinat ? Ses frères ont-ils aidé leur père à la maintenir ? L'ont-ils poignardée aussi ? A-t-elle été alertée par des bruits de pas furtifs se dirigeant vers sa chambre ? Elle a dû retenir son souffle, terrifiée. Ont-ils profité de son sommeil pour s'introduire dans la pièce ? L'ont-ils frappée dans l'obscurité ? Avec le temps, j'en suis venue à croire que c'est son père seul qui a fait usage du couteau. Mais, avec le silence étouffant qui entoure les crimes d'honneur, on ne sait jamais rien. Toute ma vie, je serai hantée par les différents scénarios qui se succèdent dans mon esprit. Je ne peux pas supporter l'idée que Dalia ait été éveillée, qu'elle ait vu le visage de son père, probablement de ses frères et le poignard jaillissant vers sa poitrine. Ni qu'elle savait ce qui allait lui arriver.

Son assassin a-t-il ressenti – ont-ils ressenti –

quelque chose en la frappant ? Était-elle devenue pour eux un objet de haine sans visage ? L'ont-ils éliminée sans regret tant ils la percevaient comme une ennemie ? Mahmood a-t-il ressenti de la culpabilité ou du remords pendant qu'il retardait le moment d'appeler une ambulance afin d'être sûr qu'elle ne pourrait pas être sauvée ? Même si ses frères n'ont pas brandi le couteau, ils sont complices du geste de leur père. Et Mohammed qui a dénoncé Dalia mérite également le nom de meurtrier.

Mais par-dessus tout, je ne peux oublier l'anonymat dans lequel elle a été engloutie après sa mort. Une fois que le poignard a été retiré de sa poitrine, Dalia est devenue un sujet mineur, traité à la va-vite, pour les tribunaux islamiques qui gèrent les affaires religieuses et familiales. La justice civile jordanienne ne s'intéressera pas à ce meurtre. L'assassin n'aura comme punition que l'obligation de passer deux ou trois heures devant la Cour de la Sharia, composée de juges et d'un jury masculins qui prêteront une oreille compatissante et complice au valeureux père de famille prêt à tout pour maintenir les traditions.

Bien sûr, la police a établi un rapport, précisant qu'il s'agissait d'un crime d'honneur, avant de transporter le corps de Dalia au Palestine Hospital. À partir de là, le lieu du crime ne donnera lieu à aucune investigation, aucune recherche d'indices. L'arme ne sera même pas ramassée. On se bornera à interroger Mahmood sur le déshonneur qui lui a été infligé. Une fois que la cour acceptera de reconnaître le bien-fondé de son geste, il recevra les témoignages de respect des magistrats pour le courage dont il a fait preuve. Ces assassinats perpétrés au nom des anciennes croyances sont légalement autorisés. Omettre de boucler sa ceinture de sécurité est plus grave que de perpétrer un crime d'honneur. Critiquer le roi en public est punissable de trois ans de prison alors qu'en tuant sa fille, on ne passe que trois heures au tribunal.

Mahmood sera probablement convoqué la semaine prochaine. Mais je ne peux pas prendre le risque d'aller défendre Dalia en justice sous peine d'être tuée à mon tour. Je meurs d'envie de m'y rendre mais je sais que je n'aurai pas l'autorisation de mon père. Au cours de l'audience, l'hôpital révélera les résultats de l'autopsie. Il est vital que Michael reste caché d'ici là. Lorsque la preuve de la virginité de Dalia sera apportée, il pourra compter sur la protection de la cour. Si le père de Dalia et ses frères tentent malgré tout de l'éliminer, ils encourront une « sévère punition » – qui se limite en général à une amende !

Après plusieurs heures de réflexion, j'ai enfin trouvé le seul moyen d'appeler Michael. Je sors de ma chambre en trombe et fais irruption dans le salon. La pièce sent le tabac parfumé aux pommes. Mon père est assis dans sa chaise noire à dossier inclinable et bourre tranquillement son *argila* (pipe d'eau) tout en remuant de temps en temps les cendres chaudes pour qu'il reste allumé. Ma mère est agenouillée devant lui. Elle a la tête baissée et dépose soigneusement une tasse de thé à la menthe fumant sur la desserte à côté de lui. Puis elle commence à lui délacer ses souliers. À mon entrée, il n'esquisse aucun geste. Je sais qu'il attend que je me conforme aux formalités d'usage.

— Excusez-moi de vous déranger. Puis-je m'asseoir et vous parler un moment, dis-je.

— Prends un siège, réplique-t-il.

— *Yabba*, s'il vous plaît ! Pardonnez-moi. Vous avez raison, je me suis montrée très irrespectueuse envers vous et le père de Dalia.

En baissant les yeux, je surprends le regard de ma mère posé sur moi. Elle a l'air soulagé.

— Oui, c'est un fait. Mais je ne te pardonnerai que lorsque tu auras répondu à ma question. As-tu quelque chose à te reprocher dans ce scandale ? me demande-t-il gravement.

— Je vous en supplie, accordez-moi votre pardon. J'étais en colère et bouleversée et j'ai perdu tout contrôle. Non, je n'ai rien à voir là-dedans, dis-je, les yeux toujours braqués vers le sol.

Je n'ose pas le regarder de peur d'être incapable de poursuivre mon discours. Je déteste les mots qui sortent de ma bouche et je n'en finis pas de me répéter intérieurement « *S'il vous plaît, Seigneur, pardonnez-moi ! Dalia, pardonne-moi, je n'ai pas d'autre choix.* »

Mon père ne semble pas ému. Son visage reste de marbre. Il se contente de prononcer quelques mots sur un ton formel.

— Je suis heureux d'apprendre que tu n'es pas impliquée dans cette triste histoire. Je te pardonne mais je veux que tu t'excuses auprès de Mahmood et de sa famille. Compris ?

— Oui, père. Si vous le souhaitez, j'y vais de ce pas.

— Non, pas maintenant. Il se fait tard. Cela peut attendre demain. Je t'y conduirai.

— Comme vous le voulez, père. Puis-je vous demander quelque chose ?

— De quoi s'agit-il ?

— Il faudrait que j'aille au salon pour mettre un mot sur la porte afin que nos... clientes sachent qu'il sera fermé pendant quelques jours. J'aimerais également ramener le cahier de rendez-vous pour réorganiser le programme. Si cela ne vous gêne pas, je préférerais le faire ce soir.

— Eh bien... si cela ne peut pas attendre... Je t'y accompagnerai en voiture quand j'aurai fini mon thé.

— Merci papa ! Mais je vous ai causé déjà beaucoup d'ennuis et je ne veux pas vous ennuyer davantage. Si vous n'y voyez pas d'inconvénient, je vais demander à l'un de mes frères de m'y conduire. À moins que je puisse y aller seule à pied.

— Non, je ne te le permettrai pas. Amjed est dans sa chambre, demande-lui de t'accompagner.

— Merci papa. Je m'excuse encore de vous avoir dérangé, dis-je en me levant et en quittant lentement la pièce.

Je grimpe les deux marches circulaires en marbre blanc qui relient le salon au vestibule et monte l'escalier majestueux qui mène jusqu'à la grande chambre élégante de Amjed. Ces vieilles maisons, héritées de nos ancêtres, possèdent une certaine classe alors que notre mode de vie est assez simple.

En faisant appel aux dons de conspiratrice que j'ai peaufinés depuis un an, je mets en route la deuxième partie de mon plan.

Je n'ai jamais été très proche de mon frère aîné, Amjed. Replié dans son monde intérieur, il considère les événements de ma vie avec distance. J'apprécie sa réserve et éprouve un certain respect pour sa capacité à ne pas se mêler des affaires des autres. Je frappe à sa porte.

— Amjed ! Papa demande que tu me conduises au salon immédiatement pour que je prenne le cahier de rendez-vous et que je mette un écriteau sur la porte, dis-je avec assurance.

Aucune réponse. Je hausse le ton.

— Tu as entendu ?

— Oui, oui ! répond-il enfin de l'autre côté de la cloison. Donne-moi une minute pour me changer. Je descends.

En l'attendant, je traverse la maison dans le brouillard et vais me servir une tasse de thé dans la cuisine.

— Dépêchons-nous, j'ai une sortie prévue ce soir, dit-il en apparaissant dans l'encadrement de la porte.

— Je ferai vite, je te promets. Merci de m'accompagner, dis-je en le suivant dans l'allée où descendent déjà les ombres de la nuit.

Installée dans la voiture, je m'enfonce dans le silence en espérant qu'il suive mon exemple. Mais, à peine tourné au coin de la rue, il prend la parole :

— J'ai entendu raconter ce qui est arrivé à

Dalia. C'est terrible, elle aurait dû mieux mesurer les risques.

L'indifférence que je perçois dans sa voix me met en colère. Pourtant, je prends sur moi.

— C'est plus que terrible.

— Tu n'es pas impliquée, j'espère ? Tu ferais bien d'être prudente.

— Non. Maintenant si cela ne te gêne pas, j'aimerais qu'on arrête d'en parler, dis-je par peur de perdre mon calme.

— Je peux le comprendre. Tu as besoin de combien de temps ? demande-t-il.

— Dix minutes environ. Tu n'auras qu'à m'attendre dans la voiture.

— D'accord. J'en profiterai pour passer quelques coups de fil.

Le reste du trajet se déroule en silence.

Arrivé devant le salon, il gare sa voiture et sort son portable tandis que j'ouvre la porte du magasin. Une fois à l'intérieur, je donne un tour de clef, et après avoir pris une longue respiration tremblante, j'allume les lumières et me précipite derrière le comptoir. La main sur le téléphone, je m'aperçois soudain que je ne me souviens plus du numéro de Jehan que j'ai pourtant composé des centaines de fois, semaine après semaine, au cours de l'année écoulée. J'attrape aussitôt le cahier de rendez-vous. Vite ! Je dois trouver Michael ! Voilà ce que je me répète inlassablement en feuilletant frénétiquement les pages. Si je mets trop de temps, Amjed va se demander ce que je fabrique. Il est capable de venir me chercher.

Où ai-je noté ce numéro ? Impossible de me le

rappeler. Pourtant, je suis sûre de l'avoir inscrit moi-même. J'ai beau parcourir le carnet à quatre reprises. Rien ! Les chiffres dansent devant mes yeux. *Calme-toi, Norma !* me dis-je en mon for intérieur. *Tu vas le trouver. Il est forcément là, ne panique pas.*

Enfin, je l'aperçois à l'endroit logique : sous le nom de Jehan. Je décroche aussitôt le téléphone. Mais alors que je compose le numéro, la panique s'empare de moi à l'idée d'apprendre à Michael ce qui est arrivé à Dalia. Cette nouvelle va bouleverser sa vie à jamais, et je ne suis pas sûre d'être assez maîtresse de moi pour l'avertir du danger qu'il court. Pendant que la sonnerie retentit, je retiens ma respiration. Une voix agréable, celle d'une femme d'un certain âge, résonne dans le combiné.

— *Marhaba*, dit-elle.

— Pourrais-je parler à Jehan, s'il vous plaît ?

— Puis-je savoir de la part de qui ? réplique-t-elle.

— De la part de Norma.

— Ne quittez pas un instant.

Quelques minutes plus tard, une exclamation cristalline se fait entendre.

— Norma ? C'est toi ? Comment vas-tu ? Quelle surprise ! Je n'attendais pas de tes nouvelles avant la semaine prochaine. Tout va bien ?

— Pas vraiment. Il s'est passé quelque chose d'horrible et j'ai besoin de parler à Michael. Il est là ? Tu peux discrètement le faire venir au téléphone ?

Ma voix vacille.

— Que s'est-il passé ? Je peux t'aider ? demande-t-elle.

— Non, je suis désolée, Jehan, mais j'ai vraiment besoin de parler à Michael directement et je suis pressée par le temps. Il t'expliquera plus tard.

— D'accord, je vais le chercher immédiatement.

La ligne redevient silencieuse. Puis, brusquement, la voix de Michael résonne à mon oreille. Rien qu'à l'entendre, les mots que je dois prononcer se brouillent dans ma tête.

— Que se passe-t-il ? s'enquit-il, inquiet.

Je me mets à sangloter.

— Je... C'est... Ils... Ils... C'est Dalia, dis-je en bredouillant entre deux sanglots.

— Dalia ? Quoi Dalia ? Norma, que s'est-il passé ? Qui ils ? S'il te plaît, Norma, calme-toi et dis-moi ce qui est arrivé. Est-ce que Dalia va bien ?

— Non, non, elle ne va pas bien. Elle est partie ! Elle est partie, Michael ! Ils nous l'ont prise. Elle est partie.

Je n'arrête pas de répéter les mêmes mots incohérents.

— Que veux-tu dire par partie ? crie Michael, affolé. Qui ils ? Norma, je ne comprends rien. Partie où ?

— Partie. Elle est partie et toi... Ils te cherchent maintenant !

— Norma, calme-toi. Calme-toi et dis-moi de quoi tu parles. Qui « ils » ?

Je respire un grand coup et tente de me ressaisir. Mon chagrin sort dans un cri :

— Michael, écoute-moi ! C'est le père de Dalia... Il a appris pour vous deux. Je ne sais pas comment... À cause de Mohammed, je pense... Alors il l'a fait ! Il l'a tuée et maintenant ils vont essayer de te tuer toi aussi.

— Non, Norma ! Non, ce n'est pas vrai ! Que veux-tu dire par « il l'a tuée » ? C'est impossible. Comment ? Quand ? C'est impossible... je ne te crois pas, c'est impossible... bégaie-t-il.

— Michael, c'est vrai. Il l'a assassinée ce matin. On l'a emmenée au Palestine Hospital... Je l'ai vue. Je suis désolée d'avoir à t'apprendre une nouvelle pareille, mais c'est la vérité.

— NON ! Mon Dieu, NON ! Pourquoi, mon Dieu, pourquoi ? Oh, Dalia, non ! hurle-t-il dans le téléphone.

Sa douleur me bouleverse. C'est plus que je ne peux en supporter. *S'il vous plaît, Seigneur, ne laissez pas entrer Amjed maintenant.*

— Michael, écoute ! Tu dois rester à la base militaire pendant un jour ou deux. Tu y seras en sécurité ! Ils ne pourront pas venir t'y chercher.

— Je n'arrive pas à croire à ce que tu me dis. Que veux-tu qu'ils me fassent désormais ? Ils m'ont pris mon cœur et mon âme ! S'ils veulent mon corps, alors qu'ils viennent, sanglote-t-il.

— Non. S'il te plaît, tu dois rester à la base. Fais-le pour Dalia. Je n'ai pas envie de te perdre, toi aussi. S'il te plaît, Michael ! Nous les ferons payer, je te le jure mais tu dois rester en vie. J'ai besoin de ton aide. Je ne peux pas faire ça toute seule. S'il te plaît.

— Je ne sais pas si je pourrai vivre sans elle et je ne *veux* pas vivre sans elle. Ma Dalia ! Oh mon Dieu, pourquoi ?

— Je t'en prie, on traversera cette horrible épreuve ensemble. Je te le promets.

À cet instant, Amjed se met à klaxonner. Le temps est compté. Bientôt, il sera à la porte. Je dois raccrocher.

— Michael ! Amjed s'impatiente dehors. Je dois partir. Promets-moi, jure-moi sur Dalia que tu resteras à la base pendant au moins trois jours.

— Où m'as-tu dit qu'ils l'avaient emmenée ?

— Promets-moi de ne pas aller là-bas. C'est trop dangereux.

Avant que j'aie le temps de finir, Amjed commence à taper contre la porte.

— Jure-le-moi, Michael, dis-je, affolée. Je resterai en contact avec toi par l'intermédiaire de Jehan. Je te tiendrai au courant de ce qui se passe.

— D'accord. Je coucherai à la caserne.

Je raccroche aussitôt et cours déverrouiller la porte.

— Pourquoi as-tu mis autant de temps ? s'enquit Amjed en pénétrant dans le salon. À qui parlais-tu au téléphone ?

— Je suis désolée, je ne voulais pas... j'appelais une cliente pour annuler son rendez-vous de demain, dis-je en essuyant mes larmes d'un revers de main.

— Je comprends que ça te fait de la peine de te retrouver ici mais tu oublieras. Tu réaliseras bientôt que c'est entièrement de sa faute.

J'ai envie de hurler mais je sais qu'il est plus prudent de me tenir tranquille pour l'instant. Je me contente de hocher la tête, trop effrayée à l'idée d'ouvrir la bouche.

— Bon... As-tu autre chose à faire avant de partir ? reprend Amjed.

— Je dois récupérer quelques affaires dont j'ai besoin. Après on pourra y aller. En attendant, tu veux bien écrire sur une pancarte que le salon sera fermé jusqu'à plus ample information et aller l'accrocher sur la porte ? Ce serait gentil.

— Oui, bien sûr.

Je retourne derrière le comptoir, referme le cahier de rendez-vous et lui tends une feuille blanche et un marqueur. Au milieu des papiers, je déniche notre « Livre de Résultats » et après l'avoir mis de côté, j'ouvre le tiroir du bas pour prendre notre journal intime. C'est la seule preuve concrète de la relation de Dalia avec Michael. Nous avons passé des années à y noter nos rêves, nos espoirs et nos craintes et à travers ces pages, Dalia me parlera à jamais. Je jette un coup d'œil hésitant en direction de son poste de travail. Je la revois, six ans plus tôt, la veille de l'inauguration du salon. Elle est assise sur la chaise et je me tiens derrière elle, ma tête posée contre son épaule, face au miroir.

— Café ?

— Cigarette, réplique-t-elle du tac au tac avec son sourire malin et éblouissant.

Ce souvenir est si réel, si vivant que je me surprends à sourire. Je sais que N&D ne rouvrira jamais ses portes. Il représente nos premiers pas timides vers la liberté. Comme sa création nous avait semblé audacieuse à l'époque ! Quel chemin va prendre ma vie désormais ?

J'attrape ma petite pile de documents et me

dirige vers Amjed qui accroche la pancarte sur la porte. Je lui tends les clefs du magasin et sors dans la rue. Une rafale de vent froid me gifle le visage. Je respire bruyamment et vais m'asseoir dans la voiture. Je regarde Amjed éteindre les lumières et contemple l'obscurité qui descend sur la ville, enveloppant les immeubles, rétrécissant les rues. Seule la lueur scintillante des réverbères transperce l'épaisseur de la nuit. Pour moi, elle sera longue et blanche. Demain, je vais devoir m'excuser auprès de l'homme que j'ai envie d'étriper à mains nues. Mahmood. Ce matin, il est devenu mon ennemi mortel. En regardant Dalia aimer Michael, j'ai pensé que l'amour était la plus forte des émotions même si je n'y connaissais rien. Je sais maintenant qu'il en existe une autre qui, une fois jaillie, la surpasse totalement et peut conduire à la destruction : la haine. J'espère avoir la sagesse de transformer celle que m'inspire Mahmood en quelque chose d'utile. Mais j'en ai besoin pour l'instant pour trouver la force de vivre les semaines à venir. Ensuite, je pourrai chercher à venger la mort de Dalia et offrir à mon amie la paix qu'elle mérite.

Tandis que Amjed me reconduit à la maison, je serre contre ma poitrine les livres que j'ai récupérés au salon. Je suis soulagée d'avoir pu prévenir Michael. Mais cela ne suffit pas à apaiser mon chagrin. Je prie le Seigneur de me donner la force, la sagesse et la patience pour survivre à cette journée et cette tragédie. Cependant, même Dieu ne pourra jamais me faire accepter ce deuil. J'ai beau savoir que je ne reverrai jamais Dalia, je resterai incapable de m'en séparer. Soudain, une pensée me réconforte :

Dalia sera toujours vivante, même si elle a physiquement disparu. Cette découverte brise un peu ma solitude. Après vingt-deux ans d'amitié, il ne me reste d'elle que quelques photographies prises en cachette (l'Islam interdit aux femmes d'être prises en photo) et un film de souvenirs éternels. Ils me permettront de continuer à sentir sa présence. Comme des millions de femmes avant elle, Dalia poursuivra sa vie dans le cœur et l'esprit de tous ceux qui l'ont aimée. Et savoir que dans quelques années, quand je boirai mon café du matin, elle viendra encore auprès de moi sous la forme d'une réminiscence, me réconforte étrangement. Elle m'apportera un sourire, une larme, un bref instant. Et sa mort ne sera qu'une illusion.

20

La nuit est enfin tombée sur cette journée interminable. Le corps glacé, roulée en boule sur mon lit, je me laisse emporter par les souvenirs et les images qui déferlent sur moi. Je suis prisonnière du passé et d'une force mystérieuse qui m'entraîne malgré moi à revivre les événements tragiques de ces dernières heures. Le film s'achève à chaque fois par la vision de Dalia allongée sur la table d'acier immaculée, le visage recouvert d'un drap taché de sang. Elle avait l'air sereine comme un ange plongé dans le sommeil. Parfaitement immobile. Je commence lentement à accepter l'idée qu'elle ne se réveillera pas. Quand mon chagrin se fait trop lourd, je me force à me lever et à marcher de long en large dans ma chambre. Je tente d'éclaircir mes idées mais je suis fatiguée de me poser des questions absurdes et de chercher des réponses imaginaires. Alors, je me rallonge et la valse des émotions reprend de plus belle.

Aux premières lueurs de l'aube, je suis vidée physiquement et psychologiquement. Je m'efforce cependant de sortir de mon lit, enfile quelques vêtements au hasard et descends dans la cuisine en espérant qu'un peu de caféine me donnera l'énergie de supporter ce qui m'attend. Je suis affalée sur le comptoir en train d'avaler ma cinquième tasse de café quand mon père entre dans la pièce.

— *Sabah al-khair, Yabba*, dis-je entre deux bâillements.

— *Sabah al-noor*, répond-il.

— Voulez-vous du café ?

— Bien sûr. Sois prête vers trois heures et demie. Je te conduirai chez Mahmood pour que tu lui fasses des excuses.

— Oui, père, comme vous voudrez.

— Je prendrai mon café dans la véranda, ajoute-t-il avant de s'éloigner.

Je laisse tomber ma tête entre mes mains, abattue par l'idée de devoir retourner chez Dalia. Puis je me traîne avec difficulté jusqu'au fourneau et commence à préparer le petit déjeuner de mon père. Je le sers en silence et regagne la cuisine, impatiente qu'il quitte la maison. Après son départ et celui de mes frères, j'erre de pièce en pièce, perdue dans mes pensées, en évitant soigneusement de croiser ma mère. Vers dix heures, il devient impossible de l'éviter plus longtemps. Elle me suit comme une âme en peine et parvient finalement à me coincer devant le comptoir où je suis en train de me préparer un nouveau café.

— Comment te sens-tu aujourd'hui, *habibati* (ma chérie) ? s'enquit-elle.

— Comme une morte vivante.

— Tu as la tête de quelqu'un qui n'a pas dormi de la nuit.

— Oui. Pour moi, le sommeil appartient au passé.

— Ça va s'arranger. Tu verras, le temps guérit toutes les blessures.

— Ce n'est pas une blessure. C'est un appel aux armes. Ma vie dans ce pays a disparu avec Dalia. Je n'ai plus qu'à chercher comment sortir de cet enfer.

— Ma chérie, tu es tout simplement bouleversée. Je ne dis pas que ta douleur va disparaître mais jour après jour, elle sera plus facile à supporter. Je suis très fière que tu te sois excusée auprès de ton père.

— Ne te trompe pas. Je ne l'ai pas fait par choix. Maintenant, il faut que je te dise une chose... Une chose que tu soupçonnes déjà, j'en suis sûre. Je suis impliquée dans cette affaire : je suis au courant de tout depuis le début et j'ai aidé Dalia. C'est pour ça que je sais qu'elle n'avait rien à se reprocher. Pour vous, elle a commis une trahison mais à mes yeux, elle n'a fait que suivre son cœur. Elle aimait ce garçon et jamais je ne l'ai vue plus heureuse. En quoi est-ce un crime ? Elle n'a blessé personne.

— Mais si. Elle a nui à la réputation de sa famille en sortant avec ce jeune homme, en lui parlant.

— C'est ridicule ! J'étais là, j'ai assisté au début de leur relation. Ils se sont aimés dès le premier instant et je ne crois pas qu'ils auraient pu échapper à cette attirance qui les entraînait l'un vers l'autre. Je l'ai lu dans leurs yeux. Si leur relation était criminelle, alors pourquoi Dieu leur a-t-il permis de se rencontrer ? Sais-tu ce qu'elle m'a avoué ? Que Michael était sa destinée et qu'elle ne pourrait pas vivre sans lui parler. Et elle a payé cet amour de sa vie.

— Norma, c'était une grande fille. Elle connaissait les risques qu'elle encourait. Tu n'aurais jamais dû te mêler de cette affaire. Enfin, ce qui est fait est fait... La seule chose qui importe maintenant c'est que tu ne connaisses pas le même sort. Tu as fait le premier pas en t'excusant auprès de ton père et en niant le rôle que tu as joué dans cette relation. Je suis fière de toi.

— Fière de moi ? Pour quelle raison ? Moi, je ne le suis absolument pas. J'ai l'impression d'avoir trahi Dalia, d'être lâche. Quand je pense que je dois aller quémander le pardon à la bête sauvage qui l'a assassinée, ça me rend malade. Mon Dieu, comme j'aimerais pouvoir lui dire ce que je pense réellement de lui... Rassure-toi, je ne le ferai pas. Tu as raison sur un point : morte, je ne serais d'aucune utilité à Dalia. Je ne sais pas quand, ni comment je vengerai sa mort mais je te jure que j'y parviendrai. Quels que que soient le temps que ça prendra et les difficultés à affronter, je trouverai un moyen même si je dois y perdre la vie. Je lui dois au moins ça et je suis convaincue qu'elle aurait fait la même chose pour moi.

— Mon cœur, fais attention à tes paroles. Voilà que la colère te reprend à nouveau ! Des milliers de femmes ont subi le même sort que Dalia au cours de l'année écoulée. Je suis sûre que toutes avaient des mères, des sœurs et des amies. Comme toi, elles ont été bouleversées au début et puis elles ont compris qu'on ne peut rien faire. Tu t'en apercevras toi aussi. Elles pleurent en silence celles qu'elles ont aimées mais leur vie continuera, comme la tienne.

— Non ! Je refuse. Je ne suis pas comme les autres. Et Dalia non plus. Mais c'est inutile de me convaincre de souffrir en silence. Je sais que c'est la seule solution dont je dispose en ce moment. Écoute, maman, je suis désolée… je ne veux pas être grossière, irrespectueuse, ni passer ma rage sur toi. Je suis simplement épuisée. Pardonne-moi, je t'aime et je comprends bien que tu essaies de m'aider. Crois-moi, je ne t'en veux pas. Mais tu n'y peux rien. Je te demande juste de me faire confiance.

— Quoi que tu décides, sois prudente. Promets-le-moi.

— Ne t'inquiète pas. Je ferai attention. Maintenant, puis-je te demander une faveur ?

— Bien sûr, laquelle ?

— Peux-tu appeler la mère de Dalia pour connaître leurs intentions et les démarches qu'ils comptent entreprendre ? S'il te plaît, maman, c'est important pour moi. Il faut que je sache.

— D'accord. Je vais téléphoner.

— Merci beaucoup. Au fait, je dois te confesser autre chose. Je fume et j'ai vraiment besoin d'une cigarette. J'en ai un paquet caché dans ma chambre. Je vais en chercher une et je reviens tout de suite, dis-je en me levant.

— Tu quoi ? hurle-t-elle.

Avant qu'elle ait le temps de poursuivre, je bondis hors de la cuisine et fonce au premier étage. À mon retour, elle me contemple longuement avant de reprendre la parole :

— Je n'arrive pas à y croire ! Depuis quand t'es-tu mise à fumer ? Qu'est-ce que je vais découvrir d'autre ? Tu as intérêt à ce que ton père ne le sache pas, sinon il nous tuera toutes les deux.

— Oh maman ! Allez, ce n'est pas grave. J'ai commencé il y a plusieurs années. Ce n'est pas un crime. S'il te plaît, passe ce coup de téléphone.

— Depuis des années ! Comment ne m'en suis-je pas rendu compte ? Oh, mon Dieu, pourquoi ? Comment cette idée t'est-elle venue ?

— Maman... oublie ça pour l'instant. S'il te plaît, appelle la mère de Dalia, dis-je implorante en allumant une cigarette et en me servant du café.

— D'accord, d'accord, mais va d'abord fermer la porte à clef et mets la chaîne de sûreté. Imagine que ton père ou un de tes frères rentrent plus tôt que prévu. Je ne veux pas que l'un d'eux te surprenne avec ce truc dégoûtant dans la bouche.

— Merci maman.

Je l'embrasse sur la joue, cours à la porte d'entrée puis gagne le salon avec mon cendrier et ma tasse. Nous nous asseyons toutes les deux sur la causeuse. Je la regarde décrocher le téléphone et composer le numéro. Quelques instants plus tard, je devine qu'elle parle à la mère de Dalia. Je bois chacune de ses paroles, essayant d'imaginer ce que Um Suhal lui raconte à l'autre bout du fil. À peine a-t-elle raccroché que mes questions fusent :

— Que se passe-t-il ? Que font-ils ?

— Elle m'a dit qu'ils attendaient que l'hôpital leur donne le résultat d'autopsie.

— Et après ? Que vont-ils faire ?

— Eh bien... Si Dalia n'est plus vierge, ils partiront à la recherche du jeune catholique.

— Connaissent-ils son nom ? Savent-ils où il habite ? Vont-ils vraiment attendre les résultats du rapport ?

— Apparemment, Mohammed l'a suivi jusqu'à chez lui le jour où il l'a surpris avec sa sœur et il a son adresse. Je n'ai pas l'impression qu'ils le connaissent personnellement.

— Où est Mahmood ? Tu es sûre qu'ils attendent l'autopsie ?

— Chérie, je ne sais pas. Tu comprends bien que je ne pouvais pas lui demander où se trouve son mari. Elle m'a simplement dit qu'ils attendaient le communiqué de l'hôpital pour agir.

— Tu en es sûre ? Où est Mohammed aujourd'hui ? À la maison ?

Je sens monter en moi une peur irraisonnée.

— Non, *habibati*, répond ma mère. Il n'était pas chez lui.

— Et pour l'enterrement ? Est-ce qu'il y en aura un ? Pourrai-je y aller ?

— Non. Ils vont l'inhumer dans une tombe anonyme, sans stèle. Sa mère en est toute bouleversée. Il n'y aura aucun service religieux et personne ne pourra y assister.

— Oh, mon Dieu ! Comment osent-ils ? Oh Dalia ! Maman, comment peuvent-ils faire une chose pareille ? dis-je en me mettant à pleurer.

La pensée de mon amie enterrée toute seule, sans personne pour lui dire au revoir, me rend malade.

— Où vont-ils la mettre ? Où ? Je dois y aller. Ils n'ont pas le droit de la mettre en terre comme ça. Sans prières, abandonnée... Oh mon Dieu ! Je n'arrive pas à le croire...

— Calme-toi, mon bébé. Nous ne pouvons rien faire. C'est la volonté de Mahmood. On va sûrement l'inhumer dans le grand cimetière, à l'extérieur de la ville.

— Quand ? Quel jour ?

— Le coroner y fera transporter son corps dès la fin de l'autopsie. Au plus tôt, après-demain.

— L'hôpital doit être au courant, n'est-ce pas ? Je veux l'accompagner une dernière fois. Je ne peux pas la laisser toute seule. S'il te plaît, maman, puis-je leur téléphoner ?

— Ma chérie... même si tu trouves le jour et l'heure de la mise en terre, ton père t'interdira d'y aller.

— Il y sera bien obligé ! S'il te plaît, maman, je dois être avec elle. Tu dois m'aider, je t'en supplie.

— Bon, bon, d'accord. Mais calme-toi. Vas-y, téléphone. Je t'autorise à te rendre au cimetière mais on a intérêt à ce que ton père ne le découvre pas.

— Je sais. Merci maman. Au fait, il y a autre chose dont je dois te parler. Je ne veux pas te cacher ce que j'ai l'intention de faire. Il faut que j'appelle Jehan, la sœur de Michael... tu sais, le garçon catholique... pour l'avertir que Mahmood est peut-être en route pour chez lui.

— Norma, je ne sais pas si c'est une bonne idée. Je refuse que tu t'impliques davantage dans cette affaire. Et si ton père...

— Maman... s'il te plaît. Mahmood a déjà tué sa fille, je ne vais pas rester les bras ballants en attendant qu'il assassine aussi Michael. Dalia et lui n'ont rien fait. Quand on connaîtra le rapport d'autopsie, tu verras que je te dis la vérité. Tu préfères que je le laisse tuer ? Il a le même âge que Amjed. Que ressentirais-tu s'il lui arrivait la même chose ?

— D'accord, ma chérie, je t'autorise à passer cet appel mais c'est tout. Préviens-le et restes-en là. Tu m'entends ? Si ton père l'apprend, il nous tuera toutes les deux. Ne lui parle pas, fais-lui simplement passer le message par sa sœur et après, je t'ordonne de perdre ce numéro, assène-t-elle.

— Merci maman. Merci. Tu m'as aidée à sauver la vie d'un homme innocent. Tu verras, fais-moi confiance.

Je me rue aussitôt sur le téléphone pour appeler l'hôpital qui dispose, j'en suis sûre, des informations dont j'ai besoin. Michael sera heureux également de les connaître.

— Palestine Hospital. À votre service.

La voix nasale et haut perchée de la standardiste me fait l'effet d'une lime d'acier qui s'attaquerait à mon cerveau. Cette impression n'est-elle due qu'au manque de sommeil ou à l'abus de caféine ?

J'éloigne le récepteur de mon oreille.

— J'ai besoin d'un renseignement, s'il vous plaît, dis-je. Ma sœur est décédée hier matin et a été transportée chez vous. Ma famille aimerait savoir quand vous aurez fini l'autopsie et quand on pourra nous rendre le corps.

— Vous devez vous adresser à la morgue, mademoiselle. Attendez, je vous passe le poste. Au fait, toutes mes condoléances, déclare-t-elle d'un ton lointain.

J'entends quelques cliquetis puis une voix masculine résonne à l'autre bout de la ligne.

— La morgue. Puis-je vous aider ?

— Oui, ma sœur est morte hier et se trouve dans votre service. Je me demandais... euh... nous attendons les résultats des examens. Pouvez-vous me dire quand ils seront prêts et quand on pourra l'enterrer ?

— Ah oui, je me souviens de ce dossier. Attendez une minute, laissez-moi vérifier... C'est votre sœur, avez-vous dit ?

— Oui, oui, ma sœur.

— Toutes mes condoléances. Ne quittez pas une seconde. Voilà, je l'ai là. Voyons... on nous a prévenus que le corps irait directement au cimetière de Rajib après l'autopsie, qui est prévue demain. On l'y transportera le jour suivant.

— Savez-vous à quelle heure ?

— Elle partira probablement avec les autres colis du matin. Je suis désolé, la formule n'est pas très jolie. Elle devrait être au cimetière vers neuf heures. Je suis vraiment désolé pour vous. Vraiment.

— Oui, merci. Merci beaucoup, vous avez été très serviable.

Après avoir raccroché, je contemple fixement le combiné.

— Alors, qu'est ce qu'on t'a dit ? demande brusquement ma mère.

— Elle sera transportée à Rajib après-demain. Alors... attends, quel jour est-on ?

— Jeudi.

— Donc, samedi à neuf heures. Je dois me rendre sur place, maman. Il faut que je trouve un moyen.

— Tu t'inquiéteras de ça plus tard. Si tu veux passer ton autre coup de téléphone, tu ferais bien de te dépêcher.

Tout en m'exécutant, j'observe ma mère du coin de l'œil. Je me demande pourquoi elle se montre si compréhensive. Qu'a-t-elle vécu pour me soutenir avec autant de confiance ? Je sais qu'en mère dévouée, elle a passé sa vie à nous donner une image de femme heureuse mais a-t-elle jamais ressenti de véritables joies ? J'essaie de me la représenter à mon âge : elle a dû entretenir les mêmes espoirs que moi. A-t-elle également connu un deuil comme le mien ? Avant de devenir une épouse et une mère, elle a sûrement eu une vie, même si elle ne la raconte jamais. On dirait que son passé a disparu dans un compartiment secret de sa mémoire. Enfant, j'ai passé d'innombrables heures à la regarder, en tentant de déchiffrer ses expressions. Mais le mystère est resté entier.

Je réalise cependant qu'elle n'autorise personne à être aussi proche d'elle que je le suis en cet instant. J'ai l'impression qu'elle maintient en permanence une distance affective avec les autres, qu'elle a érigé autour d'elle une barrière protectrice. Est-ce pour garder en vie la jeune fille indépendante et unique qu'elle a été ? Pour se mettre à l'abri de la réalité implacable qui l'a frappée à l'âge de dix ans ? Quelles souffrances a-t-elle endurées pour être condamnée à construire cette forteresse ? J'ai de la peine en pensant à son chagrin et je sais qu'elle a mal pour moi. La douleur que je ressens aujourd'hui m'obligera-t-elle un jour, moi aussi, à bâtir des murs infranchissables autour de mon existence ?

Sa voix douce me tire soudain de ma rêverie.

— Tu ferais mieux de te dépêcher de téléphoner, dit-elle.

Quelques secondes plus tard, je suis en ligne avec Jehan.

— Norma ? Ne quitte pas une seconde.

Un murmure assourdi me parvient : « J'ai décroché, maman, c'est pour moi. Peux-tu me rendre un service et aller chercher le carnet que j'ai laissé sur mon bureau dans ma chambre ? »

— Norma ? reprend-elle. Je suis désolée, je voulais qu'elle sorte de la pièce. Mon Dieu, Michael m'a raconté ce qui s'est passé. Je n'arrive pas à le croire. C'est monstrueux !... Je suis profondément peinée. Comment tiens-tu le coup ?

— Pas très bien. Et Michael, comment va-t-il ?

— Mal. Il ne quitte pas sa chambre ; il n'a même pas voulu se lever ce matin. Il est profondément atteint. Il l'aimait tellement.

— Je sais. Moi aussi, je l'aimais. Jehan ! C'est important, tu dois le convaincre de quitter la maison. Le père de Dalia n'est pas chez lui. Il est peut-être en route pour chez vous. Il sait où vous habitez.

Michael ne doit pas rester là. Surtout si votre père est absent.

— Oui, il est parti à son bureau avant sept heures comme d'habitude. Je vais faire de mon mieux pour persuader Michael.

— Agis comme tu l'entends. Préviens ta mère, appelle ton père, je m'en moque. La situation est grave. À cause de Mahmood, tu risques de perdre ton frère et moi un ami. Dis-lui, je t'en prie, de rester à la caserne pendant les trois prochains jours. Je lui ai déjà demandé, mais il ne m'a pas écoutée. Visiblement, il est trop abattu pour penser à sa sécurité.

— Je te le promets, répond Jehan. Je ne veux pas qu'il lui arrive quelque chose, je l'aime trop. Tu as réussi à avoir des informations ?

— Tout ce que je sais, c'est qu'on va emmener Dalia au cimetière de Rajib samedi matin, en catimini. Ce salaud a refusé de lui offrir un service religieux et d'après sa mère, il n'y aura personne de sa famille. Je vais essayer de trouver un moyen pour qu'on puisse s'y rendre mais j'ai peur que Mahmood y fasse un saut. Ne dis rien à Michael, du moins pas avant que j'aie tout organisé... Je dois raccrocher maintenant. Veille sur lui, Jehan. Il va avoir besoin de ton aide. Il t'aime et je sais qu'il t'écoutera. Je t'appellerai si j'apprends autre chose.

— Prends soin de toi aussi et sois prudente. Merci d'avoir appelé. Au revoir.

Je raccroche le téléphone et allume une autre cigarette avant de me tourner vers ma mère.

— Je ne t'ai pas entendue lui parler de Dalia,

s'étonne-t-elle. Comment sait-elle qu'elle a été tuée ? Tu les avais déjà appelés ?

— Oui. Je voulais être la première à l'apprendre à Michael et je devais l'avertir du danger.

— Mais comment ? D'ici ? Quand ?

— Hier soir, du salon.

— Amjed est-il au courant ?

— Non, il était dans la voiture. Ne t'inquiète pas, j'ai fait attention.

— Norma, tu joues un jeu dangereux. Tu ne dois plus recontacter ce garçon. Tu as fait ce que tu as pu. Il est prévenu, maintenant tu dois prendre tes distances.

— Maman, s'il te plaît ! Je ne peux plus reculer. Pas maintenant ! Pas avant que ça soit fini. Arrêtons d'en parler, je t'en prie ! Il faut que j'aille m'allonger un moment. J'ai l'impression que je vais m'évanouir.

— Va te reposer. Je te réveillerai quand ton père sera de retour.

— Peux-tu venir me chercher vers trois heures ? Papa va me conduire chez Mahmood pour que je lui fasse mes excuses.

— D'accord mais au moins mange quelque chose. Il faudra que tu sois en forme, tout à l'heure.

— Je n'ai pas faim. Je serais incapable de digérer quoi que ce soit. J'ai des nausées. J'ai juste besoin de dormir, c'est tout.

— Chérie... tu n'as rien avalé hier non plus... laisse-moi te préparer un...

— Non, maman. Merci pour ton aide et pour ta compréhension. Je t'aime, dis-je en l'embrassant et en me dirigeant vers la porte.

— Moi aussi, je t'aime, ne l'oublie pas. Tu es mon unique fille, mon bien le plus précieux. Je me fais beaucoup de souci pour toi. – Elle essaie d'afficher une mine sévère – au fait, nous reparlerons de cette histoire de cigarettes quand tout sera fini.

— D'accord mais fais-moi confiance, dis-je par-dessus mon épaule en quittant la pièce.

Une fois dans ma chambre, je m'allonge sur mon lit mais rien ne parvient à interrompre la ronde de mes pensées. Mon corps et mon esprit sont brisés. Je suis trop épuisée pour réfléchir correctement et je donnerais tout pour devenir amnésique. Mais ce temps n'est pas encore venu. Il me reste trop de choses à faire.

Finalement, je parviens à tomber dans un sommeil agité jusqu'au moment où ma mère ouvre la porte de ma chambre. Il est trois heures. Je m'habille en hâte et la suis au rez-de-chaussée. Mon père m'attend dans le salon.

— J'ai fini plus tôt que prévu. On peut partir chez Mahmood immédiatement, me lance-t-il d'un ton grave.

Quelques minutes plus tard, nous arrivons devant chez Dalia. Sa mère nous ouvre la porte et nous escorte dans la salle à manger. Ses yeux sont toujours rouges et gonflés. Pendant que mon père se livre aux salutations d'usage, serre des mains et embrasse tout le monde sur la joue, je me réfugie dans un coin de la pièce sur la première chaise venue. Mon regard est fixe, perdu dans la contemplation du mobilier qui m'entoure. Je m'attends à voir entrer Dalia d'une minute à l'autre. Je l'entends déjà saluer l'assistance d'un ton joyeux comme elle l'a fait pendant vingt ans. Soudain, la voix de mon père qui semble provenir de très loin me tire de mon apathie.

— Norma ? Norma ? N'as-tu pas quelque chose à dire à Mahmood et à sa famille ?

Je reste immobile.

— Norma ? Norma ? répète-t-il.

— Oui ! Oui !

Je ne reconnais plus ma propre voix. On dirait celle d'une étrangère. Je cligne des yeux et regarde autour de moi. Tout le monde me dévisage. J'entrevois la mère de Dalia, son regard bienveillant et inquiet posé sur moi qui semble me dire « Fais attention ». Mahmood, l'homme que j'exècre, est assis sur le canapé, en face de moi, en dessous de ses chers trophées de chasse, des oiseaux empaillés à l'œil vide.

Je sens qu'il guette la moindre erreur de ma part, la phrase malheureuse qui m'entraînera à la mort. Sa colère envers Dalia est maintenant dirigée contre moi. Il me fixe d'un air implacable, et soudain j'ai peur. Pourvu que je parvienne à contrôler mes émotions ! Je ferme les yeux un court instant, le temps de me répéter mentalement le discours que je dois faire.

— Eh bien, Norma ? Nous attendons. Qu'as-tu à dire ? coupe mon père d'une voix autoritaire.

— Oui... je... Oui... j'ai quelque chose à dire à propos de mon attitude d'hier. J'étais très choquée et profondément bouleversée. Je n'avais pas le droit de vous manquer de respect, à vous et à votre famille même si je refuse de croire que Dalia méritait un tel destin. Et je le refuserai probablement toute ma vie.

Je vous demande pardon. Je ne voulais en aucun cas mettre en doute votre décision ou votre jugement.

Je m'interromps et lève les yeux sur Mahmood avant de m'aventurer sur un terrain plus glissant.

— Je suppose que je vous dois également des excuses pour avoir aimé votre fille comme une sœur, pour avoir estimé que sa mort est insupportable et pour avoir éprouvé de la colère devant votre indifférence. Je m'excuse d'être humaine. J'ai bien peur que Dieu ne m'ait pas donné la capacité de résister au chagrin et j'ai perdu tout contrôle de moi. J'envie votre force, Mahmood, et le courage dont vous avez fait preuve pour défendre l'honneur de votre famille. Car après tout, qu'est-ce qu'une vie en comparaison de l'honneur ? Sans doute, est-ce mon statut de femme qui m'empêche de comprendre une telle froideur, un tel mépris pour la vie humaine ? Je ne suis pas un homme, c'est toute la différence. Je suis sûre que vous devez avoir raison. Après tout, qu'est-ce qu'une femme peut comprendre ou savoir de l'honneur d'un homme ? C'est le rôle des mâles de contrôler et de faire perdurer les règles auxquelles nous devons nous conformer. J'imagine qu'à vos yeux, Dalia a franchi les limites interdites. Vous avez eu la force d'agir comme il le fallait. Et des sujets aussi graves que la dignité et l'honneur ne peuvent s'embarrasser d'émotions.

Je suis abasourdie par la vigueur et la clarté de mes phrases. Elles semblent venir d'ailleurs, d'au-delà de moi et sortent spontanément de ma bouche comme si Dalia me tenait par la main et me forçait à parler. J'ai presque fini.

— J'envie sincèrement votre indifférence parce que je donnerais tout pour être libérée de ma souffrance. J'ai l'impression d'être crucifiée. J'aimerais être capable de vous dire que je n'éprouve rien mais ça serait un mensonge. Mon monde s'est brisé en mille morceaux quand vous avez pris la vie de Dalia mais je sais que ce problème n'intéresse que moi. Je vous demande une nouvelle fois d'accepter mes excuses car bien que vous m'ayez arraché le cœur, je n'étais pas autorisée à vous manquer de respect dans votre maison. Elle était votre fille avant de devenir mon amie et je n'ai pas à vous renier le droit d'exprimer vos volontés. Qui suis-je pour me permettre cela ? Je ne suis rien de plus qu'une femme égarée par la douleur et je vous demande humblement pardon d'avoir perdu toute réserve.

Un silence pesant règne dans la pièce. Il semble durer une éternité. Les visages sont perplexes. Seule la mère de Dalia laisse couler ses larmes. Assise à quelques mètres de moi, elle me rejoint dans le chagrin. J'ai la gorge serrée et je n'essaie même pas de refouler les sanglots qui me coupent la respiration. Mahmood est plongé dans une profonde réflexion. Il est visiblement en train d'évaluer la qualité de mon discours en se demandant s'il constitue réellement des excuses ou une critique voilée prononcée avec ironie. Mon père est le premier à réagir :

— Bien... comme vous l'avez constaté, elle est sincèrement désolée et je peux vous assurer qu'elle n'a rien à voir avec la trahison de Dalia.

J'ai conscience de l'avoir mis dans une situation délicate. Sa venue chez Mahmood doit prouver qu'il est parvenu à réaffirmer son autorité sur moi. Il n'a pas d'autre choix que de me défendre s'il ne veut pas passer pour un imbécile.

— Oui... disons que ça ressemblait à des excuses, hésite Mahmood.

— De toute évidence, elle est toujours bouleversée par cette mort brutale, insiste mon père.

— J'en suis conscient et c'est pour cela que je veux bien lui pardonner son attitude d'hier. J'espère que nos familles resteront proches.

La dernière phrase de Mahmood me fait l'effet d'une gifle. Quel culot... Souhaiter que nous restions proches ! Je n'en reviens pas. Plutôt être damnée que d'adresser à nouveau la parole à ce meurtrier ! Avant que mon père ait le temps de lui répondre, j'interviens brusquement dans la conversation. Je sais pertinemment que je n'ai pas le droit de m'exprimer au nom de ma famille mais je n'ai pas le courage de me taire.

— Avec tout le respect que je vous dois, dis-je, je tiens à préciser que Dalia était mon seul lien avec vous. Le seul élément qui nous relie encore, c'est le salon. J'ai d'ailleurs pris une décision à ce sujet : je refuse d'y travailler plus longtemps. Vous avez donc un sujet de discussion tout trouvé avec mon père. Avec sa permission, je voudrais aller y chercher mes effets personnels dès ce soir.

— Nous parlerons de cela plus tard, gronde mon père d'un ton désapprobateur.

Je me rends bien compte qu'il est mécontent que j'annonce publiquement ma volonté de fermer

N&D sans lui en avoir touché un mot auparavant. J'attends quelques secondes puis poursuis :

— Je pense maintenant que je n'ai plus rien à faire ici, dis-je avant d'ajouter, si cela ne vous gêne pas, papa, puis-je aller vous attendre dans la voiture ?

La mère de Dalia se lève aussitôt.

— Non ! Non ! Laisse-moi t'apporter du café. Tu n'as rien bu. S'il te plaît, assieds-toi, s'exclame-t-elle.

Je refuse poliment son offre et lance un regard suppliant à mon père.

— *Yala imsha*, vas-y, j'arrive tout de suite, m'ordonne-t-il.

Je m'avance tranquillement vers la porte mais avant que j'aie pu l'atteindre, Mahmood me rappelle :

— Une minute ! J'ai quelques questions à te poser avant que tu ne partes.

— Je suis désolée, Mahmood mais comme je viens de le dire, je n'ai plus aucun lien avec votre famille et vous me mettez dans une situation délicate. Je n'ai pas le droit de parler à des hommes qui ne me sont pas apparentés. Vous comprendrez, je pense, que je suis soumise aux mêmes lois que celles dont vous vous êtes servi pour condamner Dalia. Je crains donc que vous soyez obligé de vous adresser à mon père.

— Il ne peut pas répondre à mes questions. C'est de toi que j'attends des réponses, insiste-t-il.

— Pardonnez-moi, Mahmood, mais je ne peux rien vous dire. Vous auriez dû interroger Dalia avant de la tuer. Vous vous retrouvez dans une position difficile : vous voilà obligé d'enterrer vos doutes et vos interrogations avec votre fille. Maintenant, si vous voulez bien m'excuser, dis-je en poursuivant mon chemin vers la porte.

— Abu Amjed, je dois insister. Dites à Norma de répondre à mes questions, gronde-t-il.

Je m'immobilise en attendant la réaction de mon père. S'il me force à répondre aux questions de Mahmood, on croira qu'il n'est pas sûr de mon innocence et il passera pour un être sans dignité. Son statut d'homme arabe l'oblige lui aussi à défendre son honneur. Et bien que l'échange entre lui et Mahmood reste poli, l'affrontement qui les oppose est bien réel, et glacial.

— Je suis désolé, Mahmood, mais je crois que ma fille a absolument raison. Je vous ai déjà assuré qu'elle n'était pas impliquée dans cette affaire et je ne vois pas à quelles questions elle pourrait répondre. J'insiste donc pour que vous m'adressiez toutes vos demandes. Norma, va m'attendre dans la voiture.

— Abu Amjed, dois-je croire que vous protégez votre fille en l'aidant à cacher la vérité ?

— Je n'ai pas à la défendre. J'exige seulement qu'elle se conforme aux règles que je lui impose.

— Je reste persuadé qu'elle n'est pas innocente et je pense qu'elle devrait répondre à quelques questions pour me prouver le contraire. Je pensais que vous aussi, vous vouliez en être sûr, renchérit-il.

— C'est vous qui la soupçonnez, Mahmood. Pas moi ! À voir votre attitude, je me demande si vous doutez de l'innocence de ma fille ou bien de la culpabilité de la vôtre.

Dès que j'entends ces derniers mots, j'ouvre la

porte et sors dans le jardin. J'ai gagné une bataille même si la guerre est loin d'être terminée. Je m'installe dans la voiture pour y attendre mon père. Je ne me fais aucune illusion. Je sais qu'il ne m'a pas soutenue pour me protéger mais pour défendre son honneur. En donnant raison à Mahmood, il aurait prouvé qu'il ne savait pas tenir sa fille. Mon père est toujours d'une politesse exemplaire en public et je ne l'ai jamais entendu s'adresser à quelqu'un sur ce ton, excepté à la maison. Il a fallu qu'il se sente vraiment insulté pour en arriver là.

De retour à la maison, je m'enferme à clef dans ma chambre pour réfléchir à la meilleure façon de me rendre aux funérailles de Dalia avec Michael. Je sais que je peux compter sur l'aide de maman. Quelques heures plus tard, elle frappe à ma porte et dépose près de mon lit un plateau chargé de nourriture et d'un jus de fruit.

— Tu dois manger quelque chose. Pourquoi ne descends-tu pas ? interroge-t-elle.

— Je ne peux pas. Je pense à l'enterrement de Dalia, à la façon dont je vais m'y rendre et...

— Cesse immédiatement ! Je t'ai dit que je t'aiderai. Maintenant oublie ça et repose-toi. À force de t'inquiéter, tu vas finir par tomber malade et tu n'iras nulle part.

— S'il te plaît, fais-moi une faveur. Ne parle pas de l'inhumation de Dalia à papa.

— Promis ! Mais fais-moi plaisir, essaie de dîner, dit-elle en quittant la pièce.

Ma plus grande préoccupation est d'éviter de tomber nez à nez avec Mahmood au cimetière. Il est capable de se poster en surveillance quelque part et il est plus prudent que Michael et moi ne nous montrions pas ensemble. Inutile de confirmer ses soupçons. Le soir venu, je me mets au lit et tombe enfin dans un sommeil réparateur qui dure pratiquement toute la journée de vendredi. Je ne me lève qu'une seule fois pour appeler Jehan et lui expliquer le plan que j'ai mis sur pied.

Le samedi, je me réveille avant l'aube et enfile une robe noire en attendant que mon père et mes frères aient quitté la maison. Puis j'embrasse ma mère et me rends à mon dernier rendez-vous avec Dalia. Rajib est un petit village situé dans les faubourgs de Amman, près de la route de Sabah. Il est tellement minuscule qu'on ne le trouve sur aucune carte. Pourtant, il est célèbre à des kilomètres à la ronde à cause d'une ancienne légende mentionnée à la fois dans la Bible et dans le Coran. Sept jeunes chrétiens y auraient été persécutés et se seraient réfugiés dans une grotte dans laquelle ils auraient dormi pendant plus de trois siècles. Cette « Caverne des Sept Dormeurs » – ou *Ahl Al-Kahf* – se trouve à côté de la principale mosquée de Rajib. Dalia sera inhumée entre cet édifice et une vieille nécropole byzantine, à cinq cents mètres vers l'est.

Le plus étrange à Rajib est la coexistence de deux cimetières, l'un chrétien, l'autre musulman, à peu de distance d'un site considéré comme sacré dans les deux religions. J'ai toujours trouvé bizarre que les musulmans, qui passent l'essentiel de leur vie à tenter d'éviter de nouer des relations étroites avec les chrétiens, puissent accepter de reposer à côté d'eux pour l'éternité. Je suis déterminée à y voir le signe d'une future unité entre ces deux croyances, l'avènement d'une concorde religieuse et cette conviction m'aidera, j'espère, à supporter l'effroyable désolation des lieux.

Lorsque je pénètre dans le cimetière, deux hommes sont déjà à la tâche. Je les regarde de loin mettre le corps de Dalia en terre. Son sort est celui de toutes les victimes des crimes d'honneur : pas de cercueil, simplement un trou fraîchement creusé. Je les vois la recouvrir de glaise brunâtre sur laquelle ils déposent une grossière dalle en ciment. Je les entends grogner et ahaner. C'est le seul chant funéraire auquel elle aura droit. Aucun témoin, aucune fleur, aucune larme. Rien qu'une fosse anonyme et l'aura de la honte. Dès que les fossoyeurs sont partis, je m'avance vers la tombe et demeure immobile. Soudain, je sens la présence de Michael à côté de moi, comme s'il avait surgi de nulle part.

— Que fais-tu là ? dis-je, affolée.

— Je n'avais pas envie d'attendre et je suis sûr qu'elle aurait voulu qu'on soit ensemble pour la pleurer.

— Sans doute, mais si quelqu'un nous voit ?

— Ne t'inquiète pas, Jehan fait le guet.

Je m'agenouille lentement près de Dalia, éraflant mes genoux sur les graviers pointus et tends le bras pour effleurer le rectangle de ciment encore maculé de mottes de terre rouge, qui recouvre son corps. Pendant plusieurs heures, nous restons là tous les deux, sans bouger, réunis par le chagrin, chacun lui disant au revoir à sa façon.

Soudain, Michael se relève et rompt le silence.

— Il me l'a prise ! J'espère qu'il sera maudit !

— Je sais, dis-je tout simplement.

— Nous devons agir, nous venger. Il y a bien quelque chose à faire...

Je lui réponds dans un murmure :

— On le fera, Michael. Je te le promets, on le fera.

21

Le soleil de midi cogne contre les toits de la ville. Je suis assise sur la terrasse et sirote lentement des litres de café, le regard tour à tour plongé dans un livre ou fixé en direction de la maison de Dalia. Voilà comment je passe mes journées depuis plusieurs mois. Le temps semble s'être arrêté. Depuis que Mohammed est allé chercher le matériel de sa sœur au salon et m'y a laissée pour que je trie le mien, je n'y suis pas retournée. Les pièces avaient l'air si nu sans les souvenirs de Dalia. J'ai regroupé rapidement quelques affaires et j'ai fermé la porte pour la dernière fois, rompant le lien avec les rêves et les projets que nous y avions partagés.

Je suis devenue une ermite et je ne quitte la maison que par la force, ou par une absolue nécessité. Je ne m'intéresse plus à rien, sauf aux livres, les seuls objets réellement capables de me transporter dans le temps et dans l'espace. J'ai faim de liberté. Je rêve de m'évader et de visiter des mondes différents, de découvrir d'autres modes de vie et les endroits où Dalia aurait pu vivre en sécurité avec Michael. Là-bas, je serais plus heureuse de la garder dans ma mémoire. Ici, personne ne comprend vraiment ma peine. Ma mère fait des efforts mais elle est d'une autre génération. Son absence apparente de chagrin me la rend lointaine.

Michael est le seul à partager ma souffrance. Mais il est de plus en plus dangereux de rester en contact avec lui ou avec Jehan. Il faudra peu de temps au père et aux frères de Dalia pour découvrir que notre ex-employée est la sœur de Michael. Une fois qu'ils auront établi ce lien, ils devineront le rôle que j'ai joué dans cette affaire puisque c'est moi qui l'ai embauchée au salon. Mahmood débarque chez nous au moins une fois par semaine. J'entends à ses paroles et au ton de sa voix qu'il est déterminé à prouver mon implication dans le complot. J'en suis un peu responsable. Il n'a pas apprécié mon discours, ni mes excuses et reste furieux que mon père mette en doute la culpabilité de sa fille. Je dois redoubler de prudence mais cela m'est facile car ma dépression m'entraîne chaque jour un peu plus vers le bas et je n'ai plus envie de voir mes amis.

Michael et Jehan refusent d'accepter cette situation. À la demande de son frère, Jehan m'appelle presque tous les jours, au moins pour s'assurer que je suis toujours en vie. Depuis la mort de Dalia, il est obsédé par la peur de perdre toutes les femmes de son entourage et veille avec un soin jaloux sur leur sécurité. Connaissant ma propension à dire ce que je pense, il est particulièrement inquiet à mon sujet et par l'intermédiaire de Jehan, me supplie d'être discrète. Il estime de sa responsabilité de veiller sur celle que Dalia a aimée également.

Au cours des premières semaines qui ont suivi la mort de mon amie, j'ai soutenu Michael, soucieuse de le débarrasser de ses idées noires. La situation s'est inversée. Mais tous ses avertissements et ses encouragements sont vains. Seule la vengeance ou l'annonce de la mort soudaine de Mahmood dans une horrible tragédie pourrait me faire sortir de ma dépression. Mais je n'ai pas cette chance. Mahmood a été relâché sous caution après s'être livré à la police. Au cours d'un simulacre de procès, il a été inculpé pour simple délit et condamné à trois mois de prison. Peine qu'il n'a jamais purgée sous prétexte qu'il a déjà passé douze semaines sous caution, confortablement installé chez lui, dans l'attente d'être jugé.

Ce lundi matin a commencé comme d'habitude : ménage de la maison, rêverie sur la véranda. Je suis allongée sur mon lit en train de lire un livre sur l'histoire de la Grèce ancienne quand la sonnerie du téléphone retentit. Je me traîne en bas des escaliers, persuadée qu'il ne peut s'agir que de Jehan. J'entends ma mère décrocher l'appareil et après les formules de politesse d'usage et les vœux de bonne santé, demander à son interlocuteur de ne pas quitter.

— Jehan, pour toi ma chérie !

— Norma, il faut qu'on parle.

Une voix masculine retentit à mon oreille.

— Michael ! Pourquoi m'appelles-tu ? Si ma mère s'en aperçoit, elle va me tuer.

— Ne t'inquiète pas, tu n'auras pas à prononcer un mot. Contente-toi d'écouter. J'ai trouvé un moyen de te faire sortir de Jordanie. Je suis en mesure de t'obtenir tous les papiers nécessaires : passeport, visas et tout le reste. Tu peux choisir entre l'Angleterre ou la Grèce. Avant que tu émettes une objection, laisse-moi parler. Tu dois fuir ce pays ! Ta vie est en danger ici ! Je sais que tu t'es calmée et que ton combat est devenu plus discret mais ton chagrin peut tourner à la colère n'importe quand. Ce jour-là, ils te tueront ! Ils ne t'excuseront plus. Ils n'attendront pas que tu leur demandes pardon. Tu seras éliminée. Tu me comprends ? Je ne veux pas te perdre toi aussi. Tu dois partir. Je te promets que je ne renoncerai pas à la lutte. Je travaille avec la présidente d'une association de femmes et nous nous battrons pour modifier la législation. Mais je serai plus rassuré si je te sais à l'étranger. La seule chose que tu as à dire, c'est oui ou non.

Michael craint un refus de ma part. Il sait que j'ai juré de réaliser le rêve de Dalia, apporter la liberté et l'égalité des droits aux femmes jordaniennes. Je réfléchis rapidement à ses paroles et je comprends immédiatement qu'il a raison. Il suffit que je défende encore une seule fois Dalia publiquement et mon sort sera scellé. Si je veux tenir efficacement ma promesse envers elle, je dois agir à des milliers de kilomètres de la Jordanie. Je ne survivrai pas assez longtemps dans mon pays pour être entendue. Je dois fuir pour acquérir la liberté de parole. La seule solution qui s'offre à moi est de m'exiler.

— Oui. Mais comment ? Je veux dire, ma réponse est oui mais nous devons mettre au point tous les détails. Je ne peux pas parler davantage pour l'instant. Retrouvons-nous demain au Books Café à dix-huit heures, dis-je à voix basse tout en regardant autour de moi pour m'assurer que je suis seule.

Dès que j'ai raccroché, je regagne ma chambre en prenant soin d'éviter ma mère. J'ai peur qu'elle devine mon émotion.

Je passe la nuit assise au bord de mon lit à ressasser les paroles de Michael. Elles ont réactivé ma colère, enfouie depuis des mois sous le chagrin et la dépression. Je n'ai rien fait pour tenir ma promesse et Mahmood s'en est sorti. Pourtant, j'avais promis que mon amie ne serait pas morte en vain. Oui, un temps viendra où je me rebellerai à nouveau contre mon père ou celui de Dalia. Il faut partir avant. Je me moque bien de l'endroit où j'irai. N'importe lequel fera l'affaire, tant que ce n'est pas la Jordanie. Mais une fois à l'étranger, que ferai-je ? L'idée de vivre seule sans espoir de retour, sans Dalia, sans Michael, ma mère, mes parents, mes amis me terrifie. J'ai peur de quitter le seul monde que je connaisse, peur de l'inconnu.

L'existence retirée que je mène depuis plusieurs mois s'est révélée être un avantage. Mon père et mes frères y ont vu la preuve que je n'avais rien à cacher et que je n'entretenais aucun contact secret. Il m'a été facile de demander à Amjed de me déposer à la librairie pour quelques heures. Il a accepté sans hésitation de m'y conduire après son travail. Lorsque j'entends sa voiture se garer dans la rue, je sors en trombe de la maison et saute sur le siège avant.

— Es-tu sûre d'avoir tout ce qu'il te faut ? As-tu assez d'argent ? me demande-t-il en tirant un billet de cinquante dinars de son portefeuille et en me le tendant. Prends ça au cas où.

Comme il est triste que son geste généreux n'éveille en moi que de la suspicion. Michael m'attend déjà dans une allée du Books Café. Pendant deux heures, nous arpentons la boutique en prenant soin de feuilleter quelques livres tout en parlant. Rapidement, il m'explique comment il a prévu de m'obtenir un passeport et un visa rien qu'avec ma carte d'identité et me suggère de m'installer à Athènes où il possède d'excellents amis dignes de confiance, plutôt qu'en Angleterre.

Le reste du temps se passe en recommandations diverses et en paroles de réconfort.

— Tout ira bien, ne t'inquiète pas, m'assure-t-il à plusieurs reprises avant de m'annoncer que si les choses se déroulent comme prévu, je serai installée en Grèce dans moins d'un mois.

Malgré mes hésitations, il me propose de payer toutes mes dépenses. Je n'ai pas vraiment le choix. Il ne me reste pratiquement plus d'économies et je sais que je n'aurai pas le temps de mettre beaucoup d'argent de côté d'ici mon départ. Lorsque Amjed apparaît sur le seuil du magasin, j'ai accepté le plan, remis ma carte d'identité à Michael et acheté six livres.

— Tu as trouvé tout ce que tu voulais, me demande mon frère tandis que je ferme la portière et m'installe dans la voiture.

— Oui.

Au cours des semaines suivantes, Jehan m'appelle régulièrement pour me tenir au courant de l'avancée des opérations. J'en profite aussi pour prendre mes distances avec ma famille, par peur que mon secret ne soit découvert. Mon état d'esprit change au fil des heures. Je suis tour à tour impatiente à l'idée de découvrir un autre pays et un nouveau mode de vie, et furieuse de devoir m'exiler de mon pays parce que je ne cautionne pas les crimes d'honneur. Il me paraît absurde d'être obligée de quitter la Jordanie pour parvenir à la transformer. Mais ai-je le choix ? J'ai beau connaître la réponse, cette décision est l'une des plus lourdes que j'ai eu à prendre.

Finalement, Jehan me communique une date, une heure et un numéro de vol et m'explique que Michael me retrouvera à l'aéroport en se faisant passer pour mon frère aîné. Il ne me reste plus qu'à trouver un moyen de rejoindre l'aérogare en temps voulu. Mon avion pour Athènes décolle dans quelques jours. Le départ est prévu à onze heures le 10 mai.

Ce matin-là, je m'habille, jette quelques affaires dans un sac de sport et cours rejoindre ma mère une fois que mon père et mes frères sont partis travailler.

— Maman, puis-je aller au salon ramener quelques objets et prendre ceux dont j'ai besoin ?

— Pourquoi n'attends-tu pas le retour de ton père ? Je n'ai même pas les clefs, répond-elle.

— Maman, c'est urgent et ça risque d'être long. Je veux faire un peu de tri dans ce qui est resté là-bas. Ne t'inquiète pas, j'ai encore mon trousseau.

— Prends ton petit déjeuner d'abord.

— Si tu es d'accord, je voudrais qu'on le

prenne toutes les deux. Installons-nous sur la véranda. Tu veux bien ?

Son visage s'illumine.

— Je suis heureuse de te voir active de nouveau, déclare-t-elle.

— Va t'asseoir dehors, je vais faire le service. S'il te plaît, ça me ferait plaisir.

— Si tu le souhaites !

Je m'installe derrière les fourneaux et prépare la cuisine tout en retenant mes larmes. Lorsque je lui apporte son plateau, j'ai conscience que c'est la dernière fois que je m'assois avec elle pour déjeuner. Un tel instant ne se reproduira peut-être jamais. Tout en mangeant, je la contemple longuement tandis que j'essaie de fixer cette image pour toujours dans ma mémoire. Oh ! comme j'aimerais l'emmener avec moi ou lui annoncer mon départ mais je sais qu'elle en serait bouleversée. Et je risquerais de la mettre en danger. Si mon père soupçonne un seul instant qu'elle était au courant, il la tuera sans l'ombre d'un doute. Une fois le petit déjeuner achevé, je la serre dans mes bras et l'embrasse à plusieurs reprises sur les joues.

— Que fais-tu ? On a l'impression que je ne vais plus jamais te revoir, s'émeut-elle.

Ma gorge est si serrée que je peux à peine parler.

— Je vous aime mère. Et je veux vous remercier pour tout ce que vous avez fait.

— Je t'aime aussi et je suis si heureuse que tu ailles mieux.

Puis je quitte la maison de mon père et prends la direction du salon comme je l'ai fait tant de fois, souvent avec Dalia à mes côtés. Je ne me lasse pas de regarder chaque caillou, chaque arbre, chaque immeuble. C'est la dernière fois de ma vie que j'emprunte ces rues. Je ne reverrai jamais ma mère.

Soudain, je me fais l'impression d'être redevenue une petite fille, prête à courir me réfugier dans ses jupes pour me sentir en sécurité. Je réalise que c'est la seule chose que je ne supporte pas de quitter. Si seulement le fossé qui sépare nos deux générations pouvait disparaître ! Si elle pouvait s'enfuir de la maison en courant et marcher avec moi, bras dessus bras dessous, vers la liberté !

En descendant du taxi à l'aéroport, j'aperçois Michael qui m'attend devant l'entrée. Il s'élance vers moi.

— Dieu merci, tu as réussi. J'ai eu si peur que tu changes d'avis, me dit-il.

— Je t'ai donné ma parole. Je suis prête à partir.

Il m'accompagne au guichet d'enregistrement et attend à mes côtés le début de l'embarquement de mon vol pour Athènes.

— Voilà ! me glisse-t-il, ému. À partir de maintenant, tu seras en sécurité. Tu seras libre. Ne te fais pas de souci. À ton arrivée, prends un taxi et donne-lui l'adresse que je t'ai donnée. Mes amis t'attendent. Dieu soit avec toi !

— Merci, Michael, merci pour tout. J'ai une faveur à te demander. Dans quelques jours, peux-tu, s'il te plaît, prévenir ma mère que je vais bien. Ne lui dis rien d'autre, seulement que je vais bien. Tu veux bien faire ça pour moi ?

— Je le ferai, promis. Ne t'inquiète pas.

Je monte dans l'avion. À l'instant même où il décolle, j'éclate en sanglots. En larmes de joie et de peur. Je pleure pour ma mère, enfermée dans son devoir et pour les sièges vides qui auraient dû être ceux de Dalia et de Michael. Je pleure sur la beauté rose du désert, sur la magie d'Aqaba et même sur les ragots de mon petit salon de coiffure. Je pleure sur mon père, prisonnier des lois et de sa fierté.

Je rends grâce à Dieu pour la chance que j'ai eue de m'enfuir.

Je n'ai aucune idée de ce qui va m'arriver. Je sais seulement que rien ne sera pire que le pays que j'ai quitté, pays où des générations entières de jeunes innocents, exubérants et idéalistes, risquent tous les jours leur vie.

ÉPILOGUE

Les crimes d'honneur font partie de la culture jordanienne depuis le début de l'état civil. Ils sont pratiqués également dans d'autres pays, mais il est difficile de préciser leur nombre car il n'existe aucune réelle statistique sur ce rituel barbare. Cependant, ils sont paraît-il plus répandus en Jordanie et parmi la population palestinienne où la tradition bédouine est encore vivace, même chez les familles arabes citadines. Les rares chiffres publiés indiquent qu'on compte un assassinat de femme par semaine dans mon pays. La raison en est toujours liée à sa virginité. La simple rumeur ou le viol suffisent à conduire à la mort.

Mahmood n'a eu besoin que d'un soupçon pour condamner Dalia, et bien que l'autopsie ait prouvé qu'elle était encore vierge et donc que son immoralité n'était pas prouvée, il n'a jamais exprimé ni regret ni remords. Lui et ses fils ont justifié leur acte en déclarant que le fait qu'elle ait eu un contact avec Michael avait suffi à ternir l'honneur de leur famille.

Pourtant, de nombreux crimes d'honneur sont classés en suicides et morts accidentelles. C'est pour cette raison qu'on ne peut se fier aux chiffres avancés. Ceux qui affirment que ces meurtres trouvent leurs racines dans la religion musulmane se trompent. Cette erreur est assez fréquente. Ils sont en fait un reliquat culturel de la vie tribale qui a précédé à la fois la naissance de l'Islam et du christianisme. Il est vrai que les lois islamiques assujettissent les femmes et condamnent celles qui les enfreignent à être « battues », mais le concept du crime d'honneur est issu des règles Hammurabi et assyriennes datant de 1200 avant J.-C. Ces lois, qui déclarent que la virginité d'une femme appartient à sa famille, se sont développées chez tous les Arabes du Moyen-Orient, quelle que soit leur religion. De nos jours, les chrétiennes ne sont pas plus à l'abri que les musulmanes.

La Jordanie s'est donné beaucoup de mal pour taire, avec succès, ce secret honteux qui perdure à l'intérieur de ses frontières. Il y a deux raisons à cela. D'abord, il nuit à l'image de l'État moderne et démocratique qu'elle cherche à promouvoir au Moyen-Orient et auprès de la communauté internationale. Pour les Occidentaux, les crimes d'honneur sont perçus comme un phénomène anthropologique, exotique et à peine croyable qui survit de nos jours dans certaines peuplades isolées et primitives, tels les chasseurs de têtes de Nouvelle-Guinée.

En écrivant ces lignes (le 17 mai 2002) j'ai lu dans le *New York Times* et sur le Net l'histoire d'une femme vivant dans un village reculé, situé au « nord-ouest désolé » du Pakistan, près de la frontière afghane. Cette malheureuse a été condamnée à mort par lapidation pour avoir été violée par son beau-frère.

Selon le *Times*, il s'agit d'une victime des « lois islamiques qui sévissent encore de façon stricte au Pakistan ». Vous comprendrez pourquoi la Jordanie ne veut pas être associée aux yeux du monde et dans les médias à ces cultures arides et arriérées.

Deuxièmement, le gouvernement jordanien craint que la publication de ce genre d'histoires soit une bombe à retardement et qu'elle entraîne l'opinion publique à se dresser contre cette pratique. Il préfère donc décourager les journaux de parler du sujet. Mais l'assujettissement dont sont victimes les femmes de mon pays commence à transparaître légèrement. Pour preuve, cet écho paru également dans le *New York Times* du 17 mai 2002.

Quelques lignes pour raconter l'histoire de Toujan Faisal, la première et unique femme élue au parlement jordanien, qui a été envoyée en prison pour avoir dénoncé la corruption qui sévit au cœur du gouvernement. Sa présence exceptionnelle au sein de ce corps législatif exclusivement masculin est déjà une preuve de répression.

La Jordanie continue d'être réticente à discuter du problème du crime d'honneur et ses représentants officiels refusent de fournir des chiffres et des renseignements précis à ce sujet. Si certaines personnalités haut placées n'hésitent pas à déclarer que vingt-cinq pour cent des crimes commis en un an appartiendraient à cette catégorie, d'autres prétendent qu'il n'y a que vingt-cinq femmes tuées en une année au nom de l'honneur. Le directeur de la sécurité publique, le général de division Thaher Fawaz, a affirmé qu'il y avait eu en Jordanie, en 1999, un total de

61 523 délits, dont 5 173 crimes (les crimes d'honneur étant considérés comme un simple délit, ils ne sont pas inclus dans le nombre), 2 248 relatifs au trafic de drogue et 54 102 vols, agressions et voies de fait (il s'agit fréquemment de violence domestique où la victime est une femme) ou actes immoraux.

Les crimes d'honneur, viols, attentats à la pudeur et toutes autres agressions à l'encontre des femmes sont listés dans la catégorie « actes immoraux ».

Les chiffres donnés ci-dessus démontrent aisément que plus de vingt-cinq femmes sont tuées chaque année au nom de l'honneur. Le gouvernement préfère se taire plutôt que d'avouer la vérité. Si la réalité était connue, il risquerait d'être soumis à la pression des pays occidentaux et des organisations des droits de l'homme. Pour l'instant, la situation est figée : la Jordanie continue de prétendre que cette pratique n'est pas très courante en profitant du fait que la communauté internationale s'abrite toujours derrière le sacro-saint droit de non-ingérence.

En 1998, l'ONU a prudemment estimé que dans le monde, plus de 5 000 femmes étaient tuées pour des questions d'honneur chaque année. Mille au Pakistan et en Afghanistan, environ quatre cents au Yémen, cinquante au Liban, mille en Égypte et environ deux mille cinq cent cinquante en Cisjordanie, Gaza et Jordanie. Si l'on considère que la population jordanienne est plus importante que celles de la Cisjordanie et de Gaza réunies, il est facile de conclure que la majorité de ces deux mille cinq cent cinquante femmes vivaient au pays du roi Hussein.

Les crimes d'honneur sont autorisés légalement par deux articles du Code pénal jordanien. L'article 340 prévoit qu'on ne peut pas condamner celui qui tue une femme adultère appartenant à sa famille et réduit les peines en cas de crime commis envers une parente en *situation* d'adultère (ex. : parler à un étranger). L'article 98 se montre clément envers ceux qui agissent dans un « accès de fureur » en réponse à un acte grave et injustifié commis par la victime. Une simple rumeur ou un soupçon d'immoralité est considéré comme « un acte grave et injustifié ». Tous les auteurs de crimes d'honneur déclarent bien évidemment avoir agi dans « un accès de fureur ».

Ces lois offrent aux hommes la liberté totale de tuer les femmes à la moindre suspicion. Généralement, après avoir perpétré leur meurtre, la plupart d'entre eux se rendent immédiatement à la police et sont relâchés sous caution en attendant la date du procès. Ce temps est décompté de celui qu'ils auront à purger une fois condamné. Ceux qui n'ont pas les moyens de s'offrir une caution passent moins de trois mois (maximum deux ans) en prison et y sont traités comme des dieux.

Mais depuis 1998, certaines associations de défense des droits de l'homme et de la femme commencent à faire parler d'elles en Jordanie. Leurs membres sont souvent des citoyens modernes qui ont étudié à l'étranger. Ils viennent principalement de familles puissantes ou très riches. Depuis peu, les étudiants les ont rejoints dans ce combat et signent des pétitions pour demander également l'abolition des articles 340 et 98. C'est le signe prometteur que la jeunesse jordanienne veut que cette pratique soit mise hors la loi.

La plupart des victimes de crimes d'honneur sont innocentes. Elles sont souvent tuées, au-delà de la rumeur, pour des questions d'héritage. D'après les médecins et les officiels, quatre-vingt-dix pour cent d'entre elles n'ont jamais eu de relations sexuelles. Hélas, ces drames quotidiens n'intéressent pas l'opinion internationale, bien qu'au début des années 90, une courageuse journaliste du *Jordan Times*, un hebdomadaire en langue anglaise imprimé en Jordanie, ait rédigé un appel vibrant à lutter contre cette coutume primitive. Depuis, elle n'a de cesse d'avertir l'opinion et d'écrire des articles sur le sujet malgré les menaces qui pèsent sur sa vie. Ses récits font froid dans le dos et indiquent clairement que les crimes d'honneur sont en augmentation. En 1997, son Altesse Royale le prince Hassanin a déclaré qu'ils étaient de loin majoritaires dans le pays.

On a cru au départ que si la presse se faisait l'écho de ces meurtres, cela pousserait encore davantage les femmes à la soumission et qu'ils diminueraient. En fait, cela a provoqué plusieurs réactions. De nombreux citoyens – des deux sexes – se sont montrés outrés, bien que peu choqués, et se sont mis à exiger l'abolition ou l'amendement des articles 340 et 98. L'important débat public qui s'est ensuivi en 1998 a abouti à la rédaction d'un projet de texte de loi, présenté entre autres par la Commission nationale jordanienne pour les femmes dont la présidente n'est autre que Son Altesse royale la princesse Basma. Parallèlement à cette proposition, une association de onze Jordaniens a organisé une campagne d'information et la mise en circulation de sept cent treize pétitions. Leurs quinze mille signataires exigeaient l'abolition de ces articles ainsi que toutes les législations discriminatoires envers les femmes. Le roi Abdullah en personne a pris position dans le débat en déclarant publiquement qu'il soutenait le combat de ces organisations et en demandant au Premier ministre Abdur Ra-uf S. Rawabdeh l'amendement de tous les textes « porteurs d'injustice ». L'Assemblée nationale a rejeté ce projet de loi.

Comment s'en étonner quand on sait que le Front islamique d'action détient la majorité des sièges dans la Chambre basse ? Les parlementaires du FIA ont justifié leur décision en déclarant que le conseil des ministres cherchait à corrompre la morale publique, à détruire la culture traditionnelle jordanienne et à embrasser les valeurs occidentales afin de plaire aux organisations internationales des droits de l'homme. Le secrétaire général du FIA, Abdul Latif Arabiyat, a montré du doigt les responsables de ces campagnes réformatrices qui cherchent, selon lui, à démoraliser la société jordanienne. Il a également accusé les pays occidentaux de se servir de cette cause pour pousser les femmes arabes à trahir leurs valeurs.

Que peuvent faire, malgré tous leurs efforts, la société démocratique jordanienne et la royauté devant la non-volonté du Parlement ? La famille royale est essentiellement une vitrine. Elle est là pour donner une image moderne de son pays et elle y réussit brillamment. La reine Rania et la reine mère Noor ont depuis longtemps montré l'exemple ; cette dernière a aidé à la création de plusieurs centres d'apprentissages d'artisanat destinés à aider les femmes à acquérir une indépendance financière. Mais l'impact concret d'une telle initiative est très limité. Elle n'a aucun effet sur la législation du pays qui est contrôlé entièrement par le Parlement dans lequel siègent à majorité des musulmans purs et durs, croyant fermement aux codes anciens.

En août 1999, les députés ont rejeté une nouvelle fois la proposition de loi visant à abolir l'article 340. Dans le même temps, Arabiyat a appelé aux réformes économiques. Il a accusé « les forces influentes de Jordanie » d'être hostiles à la démocratie et à la liberté et de chercher à protéger leurs propres intérêts. En disant cela, il a donné l'impression que le combat visant à abolir les lois discriminatoires était quantité négligeable alors que tout autre changement serait bénéfique pour le pays.

L'avancée des droits de la femme en Jordanie est beaucoup plus importante que dans la plupart des autres pays arabes. Mais au moins ces derniers n'essaient pas de se faire passer pour une démocratie. L'Assemblée nationale jordanienne semble ignorer qu'une société démocratique doit être capable d'offrir des libertés. Et bien que tous les membres de la famille royale, y compris le roi Abdullah, aient publiquement exprimé leur désapprobation et leur dégoût pour les crimes d'honneur, le Parlement, qui se dit être la voix du peuple – disons plutôt la voix des hommes –, continue de s'opposer à l'amendement des articles du code pénal qui asservissent les femmes. En novembre 2000, vingt pays, dont la Jordanie, ont refusé de signer un projet de résolution des Nations Unies qui appelait à la suppression de toutes les formes de violence et de crimes à l'encontre des femmes. Ce projet réaffirmait qu'elles constituaient de graves violations aux droits de l'homme.

Le représentant permanent de la Jordanie à l'Assemblée générale de l'ONU, Son Altesse le prince Zeid Ben Raad, a tenté misérablement de faire insérer l'adjectif « prémédité » devant les mots « crime d'honneur ». Bien évidemment, l'ajout d'une telle formule aurait annihilé l'objectif visé par cette résolution puisque la plupart de ces meurtres sont supposés être commis dans « un accès de fureur ». Si la Jordanie était parvenue à modifier le texte, elle l'aurait volontiers signé tout en sachant qu'il n'aurait pas le pouvoir de faire cesser cette pratique.

Depuis quinze ans, mon pays se trouve dans une situation paradoxale. Afin d'attirer l'aide internationale, les investissements étrangers et le tourisme, il a accordé publiquement certaines libertés aux femmes. La Jordanie est connue pour être l'un des pays les moins oppresseurs du monde musulman. Elle a été la première de ces nations à donner le droit de vote aux femmes (en 1989), à leur accorder l'accès à l'éducation. L'Assemblée nationale réfléchit même actuellement à les autoriser à obtenir un passeport et à voyager sans l'autorisation écrite du chef de famille. Mais pour la majorité des femmes de la rue, peu de choses ont changé concrètement. Les règles imposées au sein de leur foyer ne leur permettent pas de profiter de ces libertés. Ces « changements » et « modernisations » ne sont que purement superficiels. La forme a changé, pas le fond.

Les femmes sont soumises à des injustices dans tous les domaines de leur vie. Les lois civiques, les lois sur la garde des enfants, sur les héritages, les divorces les traitent en citoyens de seconde zone. Elles vivent à l'ombre de la peur ; la mort est leur épée de Damoclès et des générations d'entre elles continuent de souffrir en silence. Devant l'ignorance de la communauté internationale.

Depuis quelques années, elles sont prises dans un cercle vicieux, qui explique à lui seul la lente mais constante augmentation des crimes d'honneur. À force de croire aux discours du gouvernement qui leur explique à longueur de temps qu'elles ont davantage de libertés, elles finissent par penser qu'elles ont le droit d'exprimer leurs idées, de travailler, de conduire et d'étudier. Mais lorsqu'elles tentent de mettre ces « droits » en pratique, elles se heurtent à leur famille et se retrouvent en danger de mort.

Ces dernières années, la montée du chômage a permis à beaucoup d'entre elles de devoir chercher un travail. Cette situation apparemment positive a son revers. Avec la mentalité des hommes arabes, une honnête employée telle qu'une infirmière prend le risque de se faire traiter de putain pour la simple raison qu'elle voit ou touche des hommes dévêtus. Tant qu'il existera un code pénal qui protège et encourage les hommes à jouer aux héros et à laver leur prétendu honneur dans le crime, les promesses de liberté se retourneront toujours contre des femmes innocentes.

Il faudra sans doute encore une ou deux générations pour qu'elles rompent enfin la chaîne qui les entrave. Notre société est basée depuis des millénaires sur le patriarcat. À l'heure où nous entrons dans le XXIe siècle, l'Assemblée nationale jordanienne et les gouvernements de la plupart des pays arabes continuent de protéger avec une adhésion totale tous les comportements arriérés, misogynes et stupides qui aident à l'asservissement des femmes. Il n'y a pas si longtemps, en août 2001, le ministre de la Justice jordanien, Abdul Karim Dughmi, interrogé sur les crimes d'honneur en cas de viol a eu cette réponse stupéfiante et désinvolte : « Toutes les femmes tuées au nom de l'honneur sont des prostituées. Je crois que les prostituées méritent la mort. »

ADIEU

J'ai beau me trouver aujourd'hui à des milliers de kilomètres de mon pays et connaître différentes cultures, je sais qu'il faudra du temps pour changer les mentalités et faire disparaître les vieilles croyances. L'empreinte du passé pèse toujours sur mon corps et sur mon esprit et j'ai moi-même un mal fou à me sentir pleinement à l'aise dans ma nouvelle vie de femme libérée, vie que j'apprécie tellement par ailleurs. Et tout en dénonçant le sort réservé à mes compatriotes, je continue de lutter personnellement contre les tabous que la culture arabe nous enseigne depuis la naissance. J'entends toujours les murmures du désert, ceux que mes frères écoutaient. Les paroles que ma mère et mes tantes m'ont répétées tout au long de mon enfance me hantent encore : « Une femme est comme une tasse », me disaient-elles, « lorsque quelqu'un a bu dedans, plus personne n'en veut... » « Une femme ressemble à un morceau de verre, une fois cassé, il ne peut être réparé. » Lorsque je croise dans la rue des jeunes filles libres et spontanées qui embrassent leur amoureux en le tenant par la main, je me surprends à penser que c'est un péché. Pourtant, je brûle d'envie de leur ressembler sans me sentir mal à l'aise. L'homme de ma vie me répète souvent que l'amour est la plus belle chose du monde et qu'il est triste d'avoir appris à le considérer comme un objet de honte. Mais dans la culture arabe, le sentiment amoureux n'est pas associé à la beauté, c'est un moyen de contrôle. Ces croyances font partie du bagage émotionnel et culturel que je porterai longtemps.

Rétrospectivement, il semble toujours facile de voir les erreurs qu'on a commises et l'aveuglement dont on a fait preuve. Parfois, je reste des heures assise à faire défiler mes souvenirs tout en me répétant : « Si nous avions... », « Nous aurions dû... » ou « Nous aurions pu ». Je me demande si Dalia serait encore en vie si nous avions agi différemment. Je vois bien maintenant que notre naïveté, nos émotions et notre idéalisme sont responsables en grande partie de la tragédie que nous avons vécue. J'ai passé des années à me culpabiliser à propos de la mort de Dalia mais je suis persuadée désormais que, même si nous avions fait des choix différents, notre secret avait de grandes chances d'être découvert. J'ai compris surtout que tant que le crime d'honneur sera autorisé en Jordanie, aucune femme n'y sera en sécurité.

J'ai perdu mon âme sœur à cause de cette pratique barbare. Sa disparition m'a bouleversée et m'a scandalisée mais elle m'a donné le courage de prendre la plume et d'exposer au grand jour ces traditions archaïques. Durant la rédaction de ce manuscrit, j'ai revécu mon passé. Je sais que je continuerai jusqu'à mes derniers jours à me souvenir, à aimer et à chérir les trop courts instants partagés avec Dalia. C'était une femme sincèrement remarquable, plus courageuse que je ne le serai peut-être jamais. Elle a eu la force de suivre son cœur et de vivre selon ses convictions et a payé de sa vie sa quête de liberté. Elle a été tuée parce qu'elle a voulu répondre au plus innocent et au plus universel désir de l'être humain : aimer et être aimé.

J'ai toujours cru que nous passerions nos vies côte à côte. Je nous ai imaginées habitant l'une près de l'autre, unies dans l'amitié au fil des années, élevant nos enfants ensemble, cuisinant l'une pour l'autre. Jamais je n'ai pensé un seul instant que notre chemin pourrait se séparer aussi vite ni que ma vie prendrait la forme d'un long exil. Je réalise qu'elle m'a quittée en me laissant une mission à accomplir et je prie pour la mener à son terme. J'ai le devoir d'expliquer que les crimes d'honneur ne sont en fait que des meurtres légalisés. J'ai le devoir de percer le mur du silence qui entoure le code officiel jordanien et de faire entendre au monde les cris silencieux des femmes arabes qui pleurent pour la justice et la liberté.

Je mènerai cette guerre loin de mon pays. Je possède toujours un passeport jordanien et rien ne m'empêche officiellement d'y retourner. Je meurs d'envie de revoir ma mère. Mais si je rentre chez moi, je crois sincèrement que mon père et mes frères n'hésiteront pas à me tuer. Après la mort de Dalia, ils n'ont pas cessé de me répéter comme une litanie : « *Quand il y a une pomme pourrie sur une branche, il faut l'arracher avant qu'elle gâte l'arbre entier.* »

Pour eux, Dalia était une pomme pourrie et ils l'ont éliminée avant qu'elle puisse ternir leur réputation. Même si je rentrais vierge dans mon pays, ma fuite est impardonnable. J'ai déshonoré ma famille et fait preuve d'irrespect envers elle et les codes auxquelles elle croit. Je suis devenue moi aussi une « pomme pourrie ».

La Grèce a été mon foyer pendant plusieurs années et je vis aujourd'hui dans un autre pays. La plupart de mes amis sont grecs. Je ne fréquente pas de Jordaniens ou d'Arabes car j'ai toujours peur qu'ils puissent contester les actions que je mène. J'ai eu du mal à faire mon chemin. En Grèce, j'ai fait toutes sortes de travaux pénibles et étranges pour un salaire de misère que j'ai en grande partie dépensé dans un café internet où j'ai pu utiliser un ordinateur pour écrire ce manuscrit.

Je me suis fixé de nouveaux buts et j'aimerais reprendre mes études pour étudier le droit, comme j'ai toujours rêvé de le faire. Cela me donnera de meilleures armes pour venger la mort de Dalia. Je n'ai pas oublié cette promesse faite le jour de sa mort.

Ce livre n'est qu'une première étape. Je suis consciente que mes mots ne suffiront pas à changer les choses mais j'espère qu'ils parviendront quand même à faire sortir de l'ombre les secrets et l'obscurantisme qui règnent depuis des siècles. J'espère qu'ils prolongeront le travail de ceux qui luttent en Jordanie malgré la frustration et la répression pour faire cesser ces crimes. Michael en fait partie : il a quitté l'armée mais vit toujours là-bas. Il ne ménage pas sa peine pour aider la cause des femmes et prend quotidiennement de grands risques. Nous resterons toujours des alliés dans ce combat et je lui dois plus que je ne peux le dire. Je prie pour que tous ceux, quels qu'ils soient, qui liront ce livre et entendront mon appel maladroit hurlent leur indignation comme j'ai tenté de le faire ici.

La suite n'est qu'une liste – hélas – non exhaustive des crimes d'honneur perpétrés récemment en Jordanie. Grâce à la journaliste du *Jordan Times*, une femme digne de foi qui a courageusement pris fait et cause pour ce combat, ils ont tous été portés à la connaissance du public. J'ai choisi ces quelques histoires pour démontrer que les crimes d'honneur ne se limitent pas à une question d'âge, de religion ou de région. Ils concernent des femmes et des jeunes filles de tous les milieux. Elles n'ont pour seul lien que d'avoir toutes été tuées par un homme de leur famille.

En mai 1994, Kifaya, une jeune Jordanienne de seize ans, a été ligotée sur une chaise par son frère de trente-deux ans. Après lui avoir donné un verre d'eau et ordonné de réciter une prière islamique, il lui a tranché la gorge. Puis il a couru dans la rue en brandissant son couteau taché de sang et en criant : « J'ai tué ma sœur pour laver mon honneur. » Kifaya avait été violée par un autre de ses frères.

En octobre 1998, Khadijeh, une jeune Jordanienne de vingt ans, s'est enfuie de chez elle et sa famille a signalé sa disparition. La police l'a retrouvée une semaine plus tard et l'a conduite chez un médecin pour vérifier si elle était toujours vierge, procédure classique dans ce cas de figure.

Lorsqu'on a constaté qu'elle n'avait pas perdu sa virginité, on l'a renvoyée au domicile paternel. Peu de temps après, son père l'a emmenée dans un terrain vague et l'a poignardée à quatre reprises dans la poitrine avant de l'égorger. Puis il s'est rendu à la police, le couteau à la main, en déclarant qu'il s'agissait de l'arme avec laquelle il avait tué sa fille pour laver son honneur.

Lina, une jeune Jordanienne de vingt ans, est tombée enceinte après avoir été violée par son voisin. Quand sa famille s'est aperçue de sa grossesse, elle a décidé de la tuer. Le 24 septembre, son frère l'a conduite sur un terrain de foot appartenant à la Société des mines de phosphates jordaniennes et l'a traînée hors de la voiture. Puis il l'a frappée sur la tête avec une pierre, avant de lui planter un couteau dans la gorge et dans le ventre. Après l'avoir abandonnée sur le bord de la route, il est allé se rendre. Sa famille l'a traité en héros et lui a offert un étalon blanc pour le ramener à la maison. Il a été condamné à trois mois de prison mais a été aussitôt relâché puisqu'il avait déjà officiellement « purgé cette peine » sous caution en attendant son procès.

Le même mois, un homme de quarante-trois ans a tué deux de ses sœurs dans leur maison à Amman. Kifaya, vingt-trois ans, a été abattue de deux balles dans la nuque et Nadia, trente-deux ans, de cinq dans la tête et dans la poitrine. Leur assassin s'est contenté d'expliquer qu'il les soupçonnait d'avoir eu une attitude immorale. Selon une femme du quartier qui a préféré garder l'anonymat, ces deux jeunes filles avaient une excellente réputation. Lui par contre avait un lourd casier judiciaire. D'après un autre voisin, le mobile du crime était lié à un refus de partager l'héritage.

En juin 1996, un homme de vingt-sept ans a aperçu Nofah, sa jeune sœur de vingt-cinq ans, installée au restaurant Liayali Zaman en compagnie de deux amies. Il l'a forcée à quitter la table et l'a abattue de sept balles dans la tête et dans la poitrine devant les clients paniqués. Puis il a attendu l'arrivée de la police et s'est rendu en déclarant qu'il avait tué sa sœur pour laver l'honneur de sa famille.

En mars 1997, un homme a tué sa fille de quinze ans en lui écrasant la tête avec une grosse pierre parce qu'il la suspectait d'avoir eu des relations avec un voisin. Au cours de son interrogatoire, il a expliqué à la police qu'elle avait démenti avoir eu une liaison mais qu'il ne l'avait pas crue. L'examen médical a prouvé qu'elle était encore vierge.

En mars de cette même année, une jeune femme de vingt-cinq ans a été abattue à Irbid par son frère. Ce dernier a déclaré que sa famille lui avait demandé de tuer sa sœur, après avoir découvert qu'elle avait eu des relations avec son mari avant leur mariage. Elle était mariée depuis trois mois et enceinte de deux mois.

En juin 1997, un Égyptien de quarante-quatre ans a violé une jeune Jordanienne de dix-huit ans. Comme le veut la loi, ils ont été placés tous deux sous protection à la prison de Qafqafa. En guise de punition, le gouverneur a forcé le criminel à épouser sa victime. Deux semaines après, ils ont été relâchés. Quelque temps plus tard, le père de la jeune fille les a assassinés au nom de l'honneur en déclarant que sa fille était responsable du viol puisqu'elle connaissait son tortionnaire qui travaillait dans leur quartier.

En septembre 1995, Subhieh, âgée de dix-huit ans, a épousé Mohammed (vingt et un ans), l'homme qu'elle aimait, malgré l'opposition de son oncle. Deux semaines plus tard, son frère de quinze ans s'est rendu chez elle, après le départ de son mari pour son bureau et l'a abattue de cinq balles dans la tête et la poitrine. Il s'est livré immédiatement à la police en déclarant avoir lavé l'honneur de sa famille.

En février 2000, une jeune fille de quatorze ans a été étranglée avec le fil du téléphone par son jeune frère de treize ans. Ce dernier a expliqué à la police qu'il avait commis un crime d'honneur car il était ulcéré qu'elle puisse avoir des conversations téléphoniques avec des hommes.

La mort de Dalia n'a jamais été mentionnée dans les journaux.

Remerciements

Tout d'abord, je voudrais surtout remercier Dieu qui m'a donné la capacité de mettre cette histoire en mots et qui m'a permis de la remettre en de bonnes mains.

Ensuite, j'aimerais remercier Christy Fletcher, Whitney Lee et Green Hendricks. C'est grâce à leur amitié, leur honnêteté, leurs conseils et leur professionnalisme que ce livre a pu voir le jour.

Je voudrais enfin remercier tous les gens merveilleux qui se sont unis d'une façon ou d'une autre autour de ce projet, et m'ont apporté leur soutien : Liza, Moira, Sarah, Brenda, Annabel, Arabella, Suzanne, Patrick, et tant d'autres encore.

Kevin, qui m'a poussé à « reprendre ma route avec courage ».

Et J.T., pour son soutien moral.

Ce volume a été composé
par Nord Compo
et achevé d'imprimer en octobre 2002
par ***Bussière Camedan Imprimeries***
à Saint-Amand-Montrond (Cher)
pour le compte des éditions Lattès

N° d'édition : 28462. — N° d'impression : 025072/4.
Dépôt légal : novembre 2002.

Imprimé en France

ISBN : 2-70-962442-7